A FELICIDADE

RICHARD PAUL EVANS

A FELICIDADE

Tradução de Alice Klesck

ALTA BOOKS
GRUPO EDITORIAL
Rio de Janeiro, 2023

A Felicidade

Copyright © 2023 da Starlin Alta Editora e Consultoria Eireli.
ISBN: 978-65-5520-750-7

Translated from original The Road To Grace. Copyright © 2012 by Richard Paul Evans. ISBN 9781451628180. This translation is published and sold by permission of Simon & Schuster, the owner of all rights to publish and sell the same. PORTUGUESE language edition published by Starlin Alta Editora e Consultoria Eireli, Copyright © 2023 by Starlin Alta Editora e Consultoria Eireli.

Impresso no Brasil — 1ª Edição, 2023 — Edição revisada conforme o Acordo Ortográfico da Língua Portuguesa de 2009.

Todos os direitos estão reservados e protegidos por Lei. Nenhuma parte deste livro, sem autorização prévia por escrito da editora, poderá ser reproduzida ou transmitida. A violação dos Direitos Autorais é crime estabelecido na Lei nº 9.610/98 e com punição de acordo com o artigo 184 do Código Penal.

A editora não se responsabiliza pelo conteúdo da obra, formulada exclusivamente pelo(s) autor(es).

Marcas Registradas: Todos os termos mencionados e reconhecidos como Marca Registrada e/ou Comercial são de responsabilidade de seus proprietários. A editora informa não estar associada a nenhum produto e/ou fornecedor apresentado no livro.

Erratas e arquivos de apoio: No site da editora relatamos, com a devida correção, qualquer erro encontrado em nossos livros, bem como disponibilizamos arquivos de apoio se aplicáveis à obra em questão.

Acesse o site **www.altabooks.com.br** e procure pelo título do livro desejado para ter acesso às erratas, aos arquivos de apoio e/ou a outros conteúdos aplicáveis à obra.

Suporte Técnico: A obra é comercializada na forma em que está, sem direito a suporte técnico ou orientação pessoal/exclusiva ao leitor.

A editora não se responsabiliza pela manutenção, atualização e idioma dos sites referidos pelos autores nesta obra.

Dados Internacionais de Catalogação na Publicação (CIP) de acordo com ISBD

E92f   Evans, Richard Paul
    A Felicidade / Richard Paul Evans ; traduzido por Alice Klesck. - Rio de Janeiro : Alta Books, 2023.
    288 p. ; 16cm x 23cm.

    Tradução de: The Road To Grace.
    ISBN: 978-65-5520-750-7

    1. Literatura americana. 2. Romance. I. Klesck, Alice. II. Título.

2022-3300   CDD 813.5
    CDU 821.111(73)-31

Elaborado por Vagner Rodolfo da Silva - CRB-8/9410

Índice para catálogo sistemático:
1. Literatura americana : Romance 813.5
2. Literatura americana : Romance 821.111(73)-31

Produção Editorial
Grupo Editorial Alta Books

Diretor Editorial
Anderson Vieira
anderson.vieira@altabooks.com.br

Editor
José Ruggeri
j.ruggeri@altabooks.com.br

Gerência Comercial
Claudio Lima
claudio@altabooks.com.br

Gerência Marketing
Andréa Guatiello
andrea@altabooks.com.br

Coordenação Comercial
Thiago Biaggi

Coordenação de Eventos
Viviane Paiva
comercial@altabooks.com.br

Coordenação ADM/Finc.
Solange Souza

Coordenação Logística
Waldir Rodrigues

Gestão de Pessoas
Jairo Araújo

Direitos Autorais
Raquel Porto
rights@altabooks.com.br

Produtoras da Obra
Illysabelle Trajano
Maria de Lourdes Borges

Assistentes da Obra
Beatriz de Assis
Caroline David

Produtores Editoriais
Paulo Gomes
Thales Silva
Thiê Alves

Equipe Comercial
Adenir Gomes
Ana Carolina Marinho
Ana Claudia Lima
Daiana Costa
Everson Sete
Kaique Luiz
Luana Santos
Maira Conceição
Natasha Sales

Equipe Editorial
Ana Clara Tambasco
Andreza Moraes
Arthur Candreva
Beatriz Frohe

Betânia Santos
Brenda Rodrigues
Erick Brandão
Elton Manhães
Fernanda Teixeira
Gabriela Paiva
Henrique Waldez
Karolayne Alves
Kelry Oliveira
Lorrahn Candido
Luana Maura
Marcelli Ferreira
Mariana Portugal
Matheus Mello
Milena Soares
Patricia Silvestre
Viviane Corrêa
Yasmin Sayonara

Marketing Editorial
Amanda Mucci
Guilherme Nunes
Livia Carvalho
Pedro Guimarães
Thiago Brito

Atuaram na edição desta obra:

Tradução
Alice Klesck

Diagramação
Rita Motta

Revisão Gramatical
Marcela Sarubi

Capa
Rita Motta

Editora afiliada à:

Rua Viúva Cláudio, 291 — Bairro Industrial do Jacaré
CEP: 20.970-031 — Rio de Janeiro (RJ)
Tels.: (21) 3278-8069 / 3278-8419
www.altabooks.com.br — altabooks@altabooks.com.br
Ouvidoria: ouvidoria@altabooks.com.br

✧ AGRADECIMENTOS ✧

Eu gostaria de agradecer aos que tornaram este livro possível. Primeiro, minha adorável e inteligente filha Jenna, que viaja pela jornada de Alan comigo, de forma figurada e literal. Você é uma ótima companheira de viagem, meu bem — uma verdadeira andarilha. Obrigado por toda a sua ajuda. Eu não teria conseguido sem você.

Ao meu benzinho, Keri. Por seu apoio, amizade, amor, sabedoria e bondade. Sou grato por você.

A Laurie Liss — amiga, confidente, agente secreta.

A todos os meus amigos na Simon & Schuster: Carolyn Reidy, por manter a casa em ordem e por todo o seu apoio ao longo de todos esses anos e todos esses livros. Muitos agradecimentos por vir. A Jonathan Karp. É um prazer trabalhar com você, Jon. Obrigado por sua atenção a essa série, assim como sua contribuição e criatividade. À minha nova editora, Trish Todd. Obrigado, Trish. Eu torço por muitos anos de trabalho, juntos. Você tem uma alma confortante. (E também à Molly, sua assistente sobrenatural, obrigado por ser tão incrivelmente competente, alegre e fidedigna.) E Gypsy da Silva. Eu adoro você, Gypsy. Nós precisamos ir ao Little Brazil novamente.

Mike Noble e Noriko Okabe, do S&S audio. Vocês tornam possível sobreviver às sessões de maratona. Minha equipe: Diane Glad, Heather McVey, Barry Evans, Karen Christoffersen e Lisa Johnson.

À equipe e direção da *The Christmas Box House*.

E também alguns amigos que fizeram a diferença em minha vida neste ano. Karen Roylance. Glenn Beck. Kevin Balfe. Shelli Tripp. Judy Bangerter. Patrice Archibald. Os alunos da Riverton High School — dá-lhe Silver Rush!

Como sempre, meus queridos leitores. Obrigado por sua lealdade e bondade. Não há magia sem vocês.

*Ao meu irmão mais velho, Dave.
Eu ainda me espelho em você.*

*Se você está passando pelo inferno,
siga em frente.*

— Winston Churchill

PRÓLOGO

Ontem à noite, eu sonhei que McKale veio a mim.
— Onde está você? — ela perguntou. — Dakota do Sul —
eu respondi. Ela ficou me olhando sem falar e percebi que ela
não estava se referindo à minha localização.
— Eu não sei — eu disse. — Continue andando
— disse ela. — Apenas continue andando.

Diário de Alan Christoffersen

Alguns anos atrás, eu estava caminhando por um shopping de Seattle, quando uma mulher de um quiosque de bilhetes aéreos gritou — Senhor, se tiver um minuto, eu posso lhe poupar quase metade de sua viagem!

— Obrigado — eu respondi, educadamente —, mas eu realmente não estou interessado.

Determinada, ela perguntou:

— Se pudesse ir para qualquer lugar do mundo, que lugar seria esse?

Eu parei e olhei pra ela.

— Pra casa. — Virei-me e fui embora.

Acho que você não conseguiria encontrar um candidato a atravessar o país a pé mais improvável do que eu. Nunca fui alguém que, como o escritor John Steinbeck escreveu, "é afligido pelo ímpeto de estar em outro lugar".

Não que eu nunca tenha viajado. Tive minha cota de viagens e tenho os carimbos de passaporte para provar. Estive na Grande Muralha da China, no Hermitage — na Rússia — e nas catacumbas romanas. Pra dizer a verdade, todas essas viagens não foram ideia minha. Minha esposa, McKale, queria ver o mundo, e eu queria vê-la feliz. Na verdade, eu só queria vê-la — então ia na onda. Os locais estrangeiros eram apenas panos de fundo para minha imagem dela.

Dela. Todos os dias, eu sinto falta *dela.* Eu posso até ser um sujeito caseiro, mas a vida me ensinou que a casa nunca foi realmente um lugar. A casa era *ela.* No dia em que McKale morreu, eu perdi a minha casa.

⁂

Até o instante em que perdi McKale, eu vivi a vida como um mentiroso. Não digo isso somente porque eu trabalhava em publicidade (embora isso me qualifique como um mentiroso profissional). Ironicamente, eu era irritantemente honesto com questões insignificantes. Por exemplo: uma vez, eu entrei num McDonald's para devolver dez centavos quando a garota do drive-in me deu troco a mais. Mas eu me enganava com coisas de maior consequência. Eu dizia a mim mesmo que eu e McKale estaríamos juntos até ficarmos velhos e grisalhos — que, de alguma forma, nós tínhamos um tempo garantido, antes que expirasse, como as caixas de leite. Talvez uma certa dose de autoengano seja necessária para atravessar o dia. Mas, independentemente do que dizemos a nós mesmos, isso não muda a verdade: nossas vidas são construídas sobre bases feitas de areia.

Para aqueles que estiverem ingressando em minha jornada, McKale, meu amor de infância e esposa, quebrou a coluna num acidente de cavalo, o que a deixou paralisada da cintura pra baixo. Quatro semanas depois, ela morreu por conta de complicações do acidente. Durante seus últimos dias, enquanto fiquei cuidando dela, minha empresa foi roubada pelo meu sócio, Kyle Craig, e meu mundo financeiro desabou, levando à perda da minha casa e dos meus carros.

Depois de perder a esposa, o negócio, a casa e os carros, eu pensei em acabar com a minha vida. Em vez disso, juntei algumas coisas, me despedi de Seattle e comecei minha caminhada até o ponto mais distante do meu mapa: Key West, Flórida. Acho que se eu fosse totalmente honesto comigo mesmo (algo que já assumi que não sou), eu teria que admitir que não estou realmente caminhando até a Flórida. Key West é tão estranha pra mim quanto qualquer uma das cidades pelas quais passei ao longo do caminho. Estou caminhando para encontrar o que a vida pode me reservar. Estou procurando esperança — esperança de que a vida ainda seja digna de ser vivida e esperança na dádiva de aceitar aquilo sem o que tenho de viver.

Talvez isso seja verdade para todos nós. Certamente não estou sozinho em minha busca por essa dádiva. No meu caminho, encontrei outras pessoas que também a buscam. Como o polonês idoso em Mitchell, Dakota do Sul, que me acolheu; uma jovem mãe, na casa de quem fiquei, em Sidney, Iowa; o idoso que conheci vagueando pelos cemitérios de Hannibal, à procura da esposa; e a mulher que conheci ao deixar meu hotel em Custer, Dakota do Sul. Esta também é a história deles.

Mais uma vez, bem-vindos à minha caminhada.

CAPÍTULO

Um

Nunca se sabe o que uma nova estrada irá trazer.

— Diário de Alan Christoffersen

Custer, Dakota do Sul, é uma cidadezinha turística caprichada, próxima ao Monte Rushmore e ao Crazy Horse Memorial. Passei dois dias em Custer, me convalescendo de um período longo e emocionalmente desafiador pelo leste de Wyoming. No domingo, eu estava pronto para retomar minha jornada. Era uma manhã fresca de maio e eu me levantei junto com o sol, tomei banho e me barbeei. O luxo dos meus aposentos não passou despercebido. Nas semanas que tinha pela frente, eu atravessaria uma parte desolada dos terrenos erodidos da Dakota do Sul e não teria uma cama macia, nem água quente.

Abri meu atlas rodoviário em cima da cama e o analisei por alguns minutos, desenhando meu caminho com o dedo. Então, depois de definir meu itinerário, o tracei à caneta. Meu alvo seguinte estava a dois mil quilômetros de distância: Memphis, Tennessee, passando por St. Louis. Saindo de Cluster, eu caminharia para o norte até cruzar com a Interestadual 90; depois, eu caminharia pela Dakota do Sul, atravessando a região árida, por aproximadamente 160 quilômetros até Sioux Falls.

Na noite anterior, eu havia lavado cinco pares de meias na pia do hotel. Elas estavam cinzentas e puídas, prontas para serem aposentadas. Infelizmente, ainda estavam úmidas. Eu as coloquei no saco da lavanderia, que encontrara no quarto do hotel, e as guardei na mochila. Depois, calcei minhas meias manchadas de suor, da véspera, amarrei meus sapatos e fui para a saída do hotel.

Ao caminhar pelo lobby, notei uma mulher sentada numa das poltronas, perto do balcão da recepção. Ela tinha cabelos grisalhos, embora parecesse jovem demais para isso. Estava vestindo um longo casaco preto de lã e uma echarpe de seda vinho em volta do pescoço. Ela era bonita, ou já havia sido, e tinha alguma coisa de que era difícil desviar os olhos. Algo nela parecia familiar. Estranhamente, ela estava igualmente me observando, com um olhar intenso. Quando estava a poucos metros de distância, ela disse:

— Alan.

Eu parei.

— Desculpe?

— Você *é* Alan Christoffersen?

Quando olhei para o seu rosto, tive certeza de já tê-la visto, mas não sabia onde.

— Sim — eu disse. — Eu sou. — Então, eu percebi quem ela era.

Antes que eu pudesse falar, ela disse:

— Eu estou procurando por você há semanas.

CAPÍTULO
Dois

Há pessoas como Benedict Arnold, ou Adolf Hitler, cujos nomes se tornam sinônimos de maldade e são mais um adjetivo do que um substantivo. Pra mim, "Pamela" é um nome assim.

✦ Diário de Alan Christoffersen ✦

A mulher era mãe de McKale.

— Pamela — eu disse. Era um nome. Era um nome que eu nunca tinha dito sem dor ou raiva — geralmente ambas —, um nome que, quando eu era garoto, e mesmo adulto, representava para mim tudo que havia de errado no mundo. Pamela era a origem da maior angústia de McKale, uma farpa permanente em seu coração. Há um bom motivo para que eu não a tivesse reconhecido imediatamente. Eu só havia encontrado Pamela uma vez, rapidamente, no enterro de McKale, e dissera tudo que eu tinha a intenção de lhe dizer naquela ocasião.

— O que você quer? — perguntei.

— Eu estava querendo falar com você — disse ela.

— Sobre o quê?

Ela engoliu, nervosamente.

— Tudo.

— Tudo — eu repeti. Sacudi a cabeça. — Não. Nós não temos nada a falar.

Ela pareceu chateada, mas não particularmente surpresa com a minha resposta.

— Eu não o culpo, mas eu vim de longe...

Eu olhei para ela por um instante e depois peguei minha mochila.

— Eu também. — Virei as costas e saí andando, pela porta da frente do hotel.

A cidade de Custer estava fervilhando de turistas, o trânsito era agitado e as calçadas ao longo da Mount Rushmore Road estavam lotadas de gente que viera para ver os monumentos. Eu planejava caminhar 32 quilômetros naquele dia e estava pronto para o café da manhã, mas, francamente, ver Pamela tinha, de alguma forma, me tirado a fome.

Eu não podia acreditar que ela tinha vindo me procurar. *De que ela poderia querer falar?* Depois que eu tinha caminhado cerca de cem metros do hotel, olhei pra trás. Para meu desânimo, Pamela estava me seguindo, caminhando a cerca de uma quadra atrás de mim, do mesmo lado da rua. Ela estava com uma viseira e uma bolsa rosa grande, pendurada no ombro. Meia quadra depois, eu entrei no Songbird Café — o restaurante que o balconista do hotel havia recomendado.

Era um café pequeno e cheio, e a garçonete tinha acabado de me colocar numa mesa redonda de canto quando a sineta acima da porta tocou e Pamela entrou. Ela estava segurando a bolsa com as duas mãos e me deu uma olhada disfarçada, enquanto esperava para se sentar. Felizmente, a recepcionista a levou até uma mesa do outro lado do salão, onde ela permaneceu. Eu estava contente de ela não ter vindo até a minha mesa. Se ela tivesse feito isso, eu teria ido embora.

Eu devorei meu café da manhã — uma pilha de panquecas, dois ovos fritos, três tiras de bacon queimado e uma xícara de café. Paguei a conta, depois peguei minha mochila pesada e saí. Pamela ainda estava sentada à sua mesa, bebericando café, com seus olhos escuros me seguindo.

Atravessei para o outro lado da rua e caminhei várias quadras de volta, na direção do hotel, virando no meio da cidade, no cruzamento da Estrada 16. Segui a rodovia rumo ao norte, na direção do Crazy Horse Memorial. Partindo de Custer, havia mais de um caminho para a Interestadual 90, mas a 16 me faria passar pelo monumento e, mesmo se não fosse a rota mais curta, parecia mais interessante.

Quando cheguei ao topo da colina acima de Custer, dei uma olhada para a cidade. Inacreditavelmente, Pamela estava ali, caminhando a quatrocentos metros atrás de mim. Eu sacudi a cabeça. Será que ela realmente tinha a intenção de me seguir? Eu duvidava que ela estivesse em condições físicas para me acompanhar. Ela nem sequer tinha calçados para isso. Se achava que eu iria parar e esperar por ela, estava tristemente enganada.

Os primeiros cinco quilômetros saindo da cidade eram colina acima, e Pamela rapidamente ficou para trás, até que eu não mais conseguia vê-la. Menos de meia hora depois de partir de Custer, ela não estava mais à vista. Fiquei imaginando o que McKale teria achado da situação. A mãe que ela passara a vida desejando ter estava me perseguindo.

Cerca de 6,5 quilômentros após a saída de Custer, eu cheguei à Avenue of the Chiefs, caminho que leva até a monumental *Crazy Horse*, esculpida na montanha . Ainda estava encantado com o trabalho de Korczak (e sempre estarei), então peguei um atalho e caminhei até a entrada do parque. O ingresso de entrada custa dez dólares, mas eu não estava com vontade de caminhar até o monumento, então só fiquei ali na entrada, admirando o trabalho, a distância. Fiquei imaginando se aquela escultura gigantesca seria concluída durante meu tempo de vida. Eu esperava que sim. Mesmo velho, eu certamente voltaria para vê-la concluída. Meu coração subitamente doeu. A ideia de ficar velho sem McKale me trouxe uma solidão profunda. Eu voltei para a estrada e retomei minha caminhada.

A estrada depois do parque Crazy Horse era uma descida, com acostamentos largos e apenas alguns prédios ao longo do caminho, incluindo ofertas de passeios de helicóptero até os monumentos.

Parei no Condado de Pennington e almocei o que tinha na mochila. Comi uma maçã, uma barra de granola e sanduíche de queijo suíço e presunto, ligeiramente amassado, que eu tinha comprado na véspera, no mercado de Custer.

Enquanto comia, voltei a pensar em Pamela — e senti raiva mais uma vez. Fiquei imaginando quanto ela teria caminhado antes de dar meia-volta. Também fiquei me perguntando como ela teria me encontrado. Depois de alguns minutos, a afastei do meu pensamento. A ideia de tê-la me seguindo me dava aversão. Terminei de comer e voltei para a estrada.

Nas horas seguintes, tive condições ideais para a caminhada — estradas novas e lisas, bem asfaltadas, com grandes acostamentos, ar puro e lindas paisagens montanhosas — algo que eu apreciava depois de uma longa caminhada pela região desolada do leste do Wyoming.

O sol tinha começado a se pôr quando ouvi um carro encostando atrás de mim, os pneus passando sobre as pedrinhas. Virei-me e vi uma antiga caminhonete Chevy turquesa, com capota combinando, parando a cerca de quinze metros atrás de mim. A porta do passageiro se abriu, e Pamela saiu do veículo. Ela disse algo ao motorista, depois pendurou a bolsa no ombro e continuou caminhando atrás de mim. Eu gemi. *Ela é persistente como McKale*, eu pensei. Talvez a persistência seja algo genético. Se McKale queria alguma coisa, ela não desistia até conseguir.

Depois que a caminhonete foi embora, Pamela gritou para mim.

— Alan, nós precisamos conversar.

— Não, não precisamos — eu gritei de volta, sem olhar. — Só me deixe em paz. — Eu apressei o passo. Quando cheguei a Hill City, uma hora depois, ela não estava à vista.

CAPÍTULO

Três

*Não sei se existem poltergeists ou fantasmas,
e nem ligo. Já há coisas demais que não entendo
no mundo que habito para que eu me preocupe
com um mundo onde ainda não estive.*

Diário de Alan Christoffersen

Em seu breve apogeu, Hill City ganhou o apelido de "Hell City" ("Cidade do Inferno") ou "One Mile to Hell" ("Uma Milha para o Inferno"), já que havia uma igreja em cada ponta da cidade, com quinze *saloons* no meio. A cidade foi fundada em 1876, no ano de centenário dos Estados Unidos, e era originalmente uma cidade de mineração, a segunda a ser estabelecida em Black Hills.

Hill City ficava a cerca de 32 quilômetros de Custer, a maior parte do caminho sendo em descida, o que podia parecer uma caminhada mais fácil, mas o declive fazia meus joelhos latejarem. Já estava escurecendo quando eu comecei a procurar um lugar para passar a noite.

Na rua principal de Hill City, me deparei com um hotel chamado Alpine Inn, um prédio estranho, em estilo da Bavária, com sancas trabalhadas e uma varanda de madeira. Acima da escada da frente havia uma placa que dizia:

Excelente Hospedagem Europeia

Eu entrei no bar vazio, com mesinhas redondas espalhadas. À esquerda do salão, havia uma porta que conduzia a um restaurante surpreendentemente cheio. Uma mulher perto da entrada ficou me olhando de trás de um balcão de recepção. Ela sorriu quando eu me aproximei.

— Boa noite — disse ela.

— Eu gostaria de dar uma olhada em seu cardápio — eu disse.

— Não precisa — disse ela. — Nós só temos um item em nosso cardápio. Na verdade, dois: filé mignon, pequeno ou grande.

Em princípio, eu achei que ela estivesse brincando, mas sua expressão continuou séria.

— É mesmo?

Ela assentiu.

— Eu sei, é incomum, não é?

Eu nunca tinha encontrado um restaurante assim, mas, a julgar pela lotação, eles deviam estar fazendo algo certo.

— Vou querer o filé mignon — eu disse.

— Boa escolha — disse ela. — Por aqui, por favor.

Ela me conduziu a uma mesinha perto dos fundos. Havia cardápios de papel sobre a mesa, o que pareceu meio estranho diante da seleção limitada do restaurante.

Depois de um instante, a garçonete apareceu. Ela era uma mulher alta, provavelmente da minha idade, de cabelos louros e nariz grande.

— Eu sou a Heidi — disse ela. — Grande ou pequeno?

— Grande.

Ela não escreveu nada, o que não me surpreendeu.

— Gostaria de algo para beber?

— Vocês têm suco?

— Maçã, laranja e oxicoco.

— Quero um suco de maçã. Pode misturar com oxicoco?

— Claro, *maçãoxi*.

— E água gelada.

— Claro.

Antes que ela se afastasse, eu perguntei

— Sabe se o hotel tem vagas para esta noite?

— Não, mas vou verificar.

Um minuto depois, ela voltou com meu suco.

— Aqui está. E eu chequei os quartos. Infelizmente, não temos vagas. Só temos quatro quartos.

Franzi o rosto. Eu estava na expectativa de ficar ali.

— Você conhece algum lugar próximo onde eu possa ficar?

Ela pensou por um instante.

— Tenho quase certeza de que há uma pousada, oitocentos metros ao norte daqui. Chama-se Holly alguma coisa. Holly Inn, eu acho.

— Na estrada?

Ela assentiu.

— Se continuar seguindo ao norte, não tem como errar.

— Obrigado — eu disse. — Vou dar uma olhada depois de comer.

Minha refeição chegou rapidamente — outra vantagem de um cardápio limitado. O filé mignon estava servido com alface e molho ranch caseiro e uma torrada amanteigada texana.

— Precisa de mais alguma coisa? — perguntou Heidi.

— Não — eu disse. — Vocês têm sempre esse movimento?

— O ano inteiro. O hotel também é bem movimentado. Os quartos são bons. Um sorriso travesso surgiu em seu rosto. — Assombrados, mas bons.

— Assombrados?

— Sim, mas eu provavelmente não deveria lhe dizer isso.

— Como sabe que eles são assombrados? Já viu um fantasma?

— Não. Mas outra garçonete disse que viu.

— E você acredita nela?

— Ela nunca mentiu pra mim. Além disso, não é o que ela disse, é a maneira como disse. Aconteceu no meio de uma noite movimentada de sexta-feira. Ela estava no banheiro dos empregados, atrás da cozinha. Enquanto lavava as mãos, ela olhou no espelho. Havia uma mulher vestida com trajes do século XVIII, em pé, bem atrás dela. Todos nós a ouvimos gritar.

— Eu fui ver se ela estava bem e a encontrei pálida e trêmula. Parecia que ela ia desmaiar. Pediu demissão na hora. Eu acabei ficando com todas as suas mesas. Desde então, ela nunca mais pôs os pés aqui. — Ela me olhou, estudando minha reação. — De qualquer forma, é melhor eu deixá-lo comer seu jantar, antes que esfrie. Tem mais sobre o hotel na parte de trás do cardápio. *Bon appétit.*

Eu cortei o filé. A carne estava magistralmente preparada e tão macia que, se eu quisesse, poderia tê-la cortado com o garfo.

Dei algumas garfadas e ergui o cardápio. A história do hotel estava impressa atrás do cardápio, e eu a li enquanto comia.

Hill City era uma cidade de mineração de ouro, fundada durante a corrida do ouro do Oeste. Seu sucesso durou pouco e os mineiros rapidamente seguiram adiante, deixando a cidade com dois residentes — um homem e seu cão.

Em 1883, a cidade passou por nova expansão quando estanho foi descoberto, e uma mineradora inglesa investiu milhões organizando a Harney Peak Tin Mining, Milling and Manufacturing Company. A empresa construiu o hotel e o batizou de Harney Peak Hotel, como uma espécie de residência luxuosa para os executivos da mineradora. Como ocorrera com o empreendimento anterior de mineração, a corrida ao estanho não durou muito, e a cidade morreu de novo, até que o Monte Rushmore ressuscitou a área, trazendo o ouro do turista.

Em 1974, uma mulher alemã chamada Wally (pronuncia-se Volley) Matush comprou o Harney Peak Hotel e lhe deu o nome de Alpine Inn. A essa altura, as visões de fantasmas tinham se tornado comuns, e a nova gerência não se intimidava em contar aos hóspedes que o hotel era assombrado. Wally até pediu que fosse enterrada embaixo do hotel, quando morresse, para que pudesse circular com os outros fantasmas.

Ler sobre fantasmas me fez pensar em Pamela. Fiquei imaginando o que teria acontecido com ela desde que eu a deixara para trás. Pela primeira vez, desde que ela havia surgido, minha raiva tinha se acomodado o suficiente para que eu pudesse analisar meus sentimentos. Apesar da minha ira, eu me sentia num certo conflito quanto a essa situação. Parte de mim sentia que só falar de Pamela já era uma traição a McKale. Outra parte, talvez mais civilizada, achava errado não deixar que ela ao menos dissesse o que viera de tão longe para dizer.

Eu afastei o conflito da cabeça. Certo ou errado, não tinha desejo algum de falar com ela. Se ela estava sofrendo, que sofresse. Ela tinha trazido isso para si mesma. McKale não lhe devia nada. Eu não lhe devia nada.

Terminei de comer, paguei a conta, depois peguei minha mochila e segui ao norte, subindo a via principal, em busca de uma pousada. Parei num mercadinho no caminho e fiz um estoque de água e suprimentos: Pop-Tarts, maçãs, mix de nuts e frutas secas, salame, laranjas, cereal em barra, carne seca, uma baguete e alguns enlatados: sopa, chili e guisado.

Perguntei à caixa se ela sabia algo sobre a pousada, mas ela me deixou desconcertado ao dizer que nunca tinha ouvido falar. Fiquei imaginando como isso seria possível numa cidade daquele tamanho. Saí novamente e continuei caminhando, preocupado de ter passado pela casa sem notá-la naquele escuro. Eu tinha andado mais 1,6 quilômetros quando deparei com uma placa na lateral da estrada que dizia:

A Casa do Azevinho
Um Resort de Cama e Café

Eu não tinha certeza de onde vinha a parte do resort, já que o lugar mais parecia a casa da família Brady Bunch do que um resort elegante. A parte externa da edificação estava iluminada por luzes de longo alcance, revelando uma decoração de folhas e coroas de azevinho.

Contornei a casa e bati na porta lateral. Fui recebido por uma mulher de meia-idade que presumi ser a proprietária do "resort".

— Posso ajudar?

— Eu preciso de um quarto para passar a noite.

— Bem-vindo — disse ela, com um sorriso largo. — Meu nome é Dawna. Entre.

Eu entrei no que parecia ser a sala de estar da casa. O cômodo tinha um carpete vermelho gasto e paredes cor de verde floresta, cobertas de pôsteres de aquarelas natalinas.

— Qual é o seu nome? — perguntou ela.

— Alan.

— Prazer em conhecê-lo, Alan. Nós temos cinco quartos disponíveis e uma cabana nos fundos. Eu vou lhe mostrar, e você pode me dizer que quarto prefere.

— Seus quartos são assombrados? — perguntei.

Ela me olhou com uma expressão estranha.

— Não que eu saiba. Você precisa de um quarto assombrado?

Eu sorri.

— Não. Sem ser assombrado está bom pra mim.

Dawna me levou para ver os cinco quartos, começando pelo do Velho Oeste, que tinha uma réplica do revólver de Wyatt Earp, o quarto USA, a Suíte Nupcial, o quarto Harley (sem dúvida homenageando o evento anual de motociclismo, em Sturgis) e o quarto Vitoriano, decorado com o vestido de crisma da sogra de Dawna e uma vitrola que ainda funcionava.

Todos eles pareciam bons, e eu não me importava muito com o quarto em que ficaria, então escolhi o quarto Velho Oeste, pelo motivo pragmático de ser ele o mais próximo da porta da frente. Por isso e também por ter gostado da banheira, que era grande o suficiente para um caubói *e* seu cavalo.

— Boa escolha — disse Dawna. — Para o café da manhã, eu vou servir minha caçarola *festiva*. A que horas você vai querer comer?

— Geralmente levanto cedo — eu disse, satisfeito com a oferta de algo festivo para o café da manhã. — Talvez sete. Ou até mais cedo.

— Terei o café da manhã pronto pra você. Tenha uma boa noite.

Fui para o meu quarto e liguei a televisão, enquanto deixava a banheira encher-se. Estava ligada num canal de reality show, em que pessoas apostavam no conteúdo de unidades de armazenagem abandonadas. Deveriam fazer um programa sobre um cara atravessando os Estados Unidos a pé, pensei. Só que não comigo.

Desliguei a televisão, tirei a roupa e depois fiquei de molho na água, quente o suficiente para fazer minha pele ficar vermelha, até estar pronto pra dormir.

CAPÍTULO

Quatro

Dizer que alguém não sabe a hora de parar é um insulto ou um elogio, dependendo do resultado.

Diário de Alan Christoffersen

Na manhã seguinte, acordei com o som de louça tilintando no salão de jantar. Olhei o relógio. Eram quase oito horas. Tomei banho, fiz a barba e me vesti, depois arrumei minhas coisas e saí do quarto pra tomar café. Dawna entrou no salão quase ao mesmo tempo que eu.

— Bom dia, dorminhoco. Ainda bem que eu levantei às cinco, pra adiantar o café.

— Desculpe, eu...

Ela abanou a mão.

— Estou só brincando. Eu tinha outro hóspede pra servir. O que gostaria de tomar? Tenho café, suco de laranja, suco de maçã, leite e todas as opções anteriores, se quiser.

— Café e suco de laranja — eu disse.

Ela caminhou de volta à cozinha, enquanto eu sentava à mesa posta com uma toalha estampada de poinsétias e jogos americanos contornados em vermelho e dourado e folhinhas de azevinho. O centro de mesa era uma chaminé de vidro e uma vela colocada numa coroa de azevinho.

Alguns minutos depois, Dawna voltou ao salão de jantar segurando uma caçarola e uma colher prateada.

— Minha caçarola festiva de café da manhã é uma das prediletas de nossos hóspedes — disse ela. — Tem linguiça de porco, cheddar, molho picante, pão e ovos. É deliciosa.

— Parece bom — eu disse.

— E é. — Ela serviu uma bela colherada em meu prato, depois disse: — Ah, eu me esqueci das suas bebidas.

Ela voltou à cozinha, retornando um minuto depois, com meu suco e o café. Colocou as bebidas na mesa e sentou de frente pra mim, supostamente, para me olhar comer.

Dei algumas colheradas, esperando que ela dissesse alguma coisa, mas ela não disse. Só ficou ali sentada me observando, o que, francamente, me deixou meio desconfortável. Finalmente, perguntei:

— Como vai indo o negócio?

Ela suspirou.

— Meio devagar, mas melhorando. Ainda não é a alta temporada. Durante o Sturgis, nós alugamos todos os quartos. Sabe o que é o Sturgis?

Eu assenti.

— Eu tinha funcionários que iam, todo ano. Contavam cada história...

— Ah, sim, há muitas histórias. Ano passado, teve uma mulher numa Harley que se autodenominava "Lady Godiva". Nem preciso lhe dizer o que ela estava vestindo. Ou não vestindo.

A cidade de Sturgis, Dakota do Sul, é o epicentro do maior encontro anual dos motoqueiros de Harley-Davidson. Todo mês de agosto, milhares de motoqueiros, desde magnatas de negócios até Hells Angels, aportam na cidade. Não existe nada igual no mundo.

— A que distância estamos de Sturgis? — perguntei.

— Pouco mais de oitenta quilômetros.

— Eu gostaria de ver isso algum dia.

— Nessa época do ano, não há muito a ser visto — disse ela. — Claro que não é a loucura que costumava ser. É como o Natal, ficou comercial.

Nesse momento, ouvi a maçaneta sendo virada, e a porta dos fundos se abriu. Olhei nessa direção e vi a outra hóspede de Dawna entrar no salão. Era Pamela.

— Oi, Alan — ela disse, baixinho.

Eu a encarei incrédulo.

— Achei que você tivesse desistido.

— Não.

Olhei pra ela, por um momento, e depois levantei.

— Tudo bem. Pode me seguir até Key West, se quiser. Mas você deveria arranjar uns calçados melhores. — Virei-me para Dawna, cujos olhos moviam-se nervosamente entre nós dois. — Preciso da minha conta.

— Vou buscar — disse ela, levantando rapidamente. Ela foi até sua escrivaninha. — São oitenta e nove dólares pelo pernoite. — Ela segurava uma fatura escrita a mão. — Noventa e dois e cinquenta e seis, com imposto.

Pamela ficou me olhando.

— Alan... só cinco minutos. Por favor.

— Eu disse não.

Entreguei a Dawna o meu cartão de crédito e depois, enquanto ela o passava na máquina, voltei ao quarto e peguei minha mochila. Quando retornei ao salão de jantar, Pamela ainda estava lá. Peguei meu cartão de crédito, assinei a conta e então passei por Pamela, em direção à porta da frente.

— Por favor, apenas ouça — disse ela.

— Eu lhe disse ontem, nós não temos nada a falar. Nada mudou desde então. — Saí pela porta e deixei-a bater atrás de mim. Quando cheguei ao outro lado do estacionamento, Pamela saiu.

— Você me deve — ela gritou.

Eu girei.

— O quê?

— Você me deve.

Fui atingido por uma onda de ódio.

— Eu devo a *você*?

Ela caminhou até a metade do estacionamento, em minha direção.

— Sim. Deve.

— Pelo quê? Por você ter abandonado uma menininha? Por ter arruinado a vida da minha esposa?

Ela me olhou nos olhos.

— A vida dela não foi arruinada. Ela tinha você. — Ela se aproximou mais, e sua voz estava mais calma. — Se eu não tivesse sido uma mãe ruim, será que McKale teria sido sua, como foi? Teria precisado de você como precisou? Teria sequer se casado com você?

Suas perguntas me deixaram perplexo. Depois de um instante, eu disse:

— Vá pra casa, Pamela. Volte para o lugar onde ficou se escondendo todos esses anos. Você teve sua chance.

Os olhos dela se encheram de lágrimas.

Eu me virei para a estrada. Caminhei uns cinquenta metros, antes de olhar pra trás. Não pude acreditar. Ela ainda estava me seguindo. Só que agora, mancando ligeiramente. Não levei muito tempo para deixá-la bem pra trás.

A coisa mais estranha que eu vi naquela manhã — fora Pamela — foi uma placa que dizia *Vinho Ruibarbo Red Ass*. Se eu não estivesse com tanta pressa de fugir da minha perseguidora, talvez tivesse parado para experimentar. Até que eu teria gostado de um pouco de vinho. As perguntas de Pamela me incomodaram.

Logo após a saída de Hill City, eu cheguei a um lugar chamado Mistletoe Ranch, que não era realmente um rancho, mas um empório natalino. Uma placa diante do prédio o chamava de *A Suprema Loja de Natal*.

McKale era uma grande fã do Natal e, como ela havia feito em relação a tantas outras de suas paixões, conseguiu me converter. Nem na primavera eu conseguia resistir aos atrativos da estação. Como eu não via Pamela há mais de uma hora, entrei.

O lugar era, de fato, repleto de Natal. Uma musiquinha natalina ao som de banjo saía das caixas de som elevadas, e o salão cheirava a velas aromatizadas. Nas paredes, estavam presas prateleiras e, junto a elas, estavam empilhadas centenas de adornos festivos, badulaques e peças colecionáveis, desde ornamentos de Betty Boop até meias de Elvis e miniaturas de vilarejos natalinos de porcelana.

Havia algumas coisas que eu queria, mas como comprar qualquer coisa que eu tivesse que carregar seria um absurdo (embora eu tivesse considerado comprar um enfeite da Marilyn Monroe para pendurar atrás da minha mochila), saí de mãos vazias. Mas minha parada não foi em vão. A visita tinha me distraído das emoções revolvidas pelo meu encontro com Pamela. Qualquer que seja a estação do ano, uma dose saudável de Natal levanta o ânimo.

Quando abri a porta para sair, olhei para os dois lados para ver se Pamela estava lá. Ela estava. Não sei como ela soube que eu tinha entrado na loja — ela não estava em nenhum lugar à vista quando eu entrei —, mas lá estava ela, do outro lado da rua, esperando por mim.

Eu parti novamente, caminhando mais depressa do que o habitual. Em quinze minutos, Pamela tinha sumido de vista mais uma vez. Agora, no entanto, eu já não acreditava que ela desistiria de sua busca.

Alguns quilômetros depois de Hill City, a rodovia chegava a uma bifurcação. Eu continuei pela estrada 16, rumo ao leste, até que ela voltasse a cruzar a 16 Norte. Por volta de meio-dia, cheguei ao histórico

Rockerville Café, onde parei para comer um hambúrguer, mas não consegui saber o que tornava o local histórico. Na verdade, eu não ligava para isso. Depois de atravessar Idaho, onde tudo era histórico, o rótulo perdeu seu brilho.

Não fiquei muito tempo. Torci para que tivesse despistado Pamela na bifurcação da estrada, mas, se não fosse o caso, eu não queria dar a ela a chance de me alcançar. Fiquei aliviado ao ver que ela não estava lá quando saí do café.

Alguns quilômetros depois do café, uma placa do Serviço Florestal informava que eu estava deixando a Floresta Nacional de Black Hills, embora não desse pra notar olhando para a paisagem; até onde eu podia enxergar, a estrada continuava perfilada de mata, assim como de pontos turísticos, na esperança de se atrair os turistas que visitavam o Monte Rushmore.

Passei por outra loja natalina (aparentemente, o Natal é bem rentável em Dakota do Sul) e pelo Bear Country USA, um parque de vida selvagem de mais de cem hectares, ostentando a maior coleção do mundo de ursos negros. Deu pra ver alguns ursos da rodovia, e eu me lembrei do urso pardo que havia encontrado na floresta, três semanas antes, em Yellowstone. Esses ursos cativos nem de perto pareciam tão vivos ou perigosos. Na verdade, eles pareciam sedados e tão ariscos quanto meu pai uma hora depois do jantar de Ação de Graças.

Havia mais atrações turísticas nesse trecho do que talvez em qualquer outro lugar dos Estados Unidos. Passei por um zoológico de répteis, um museu de cera, um labirinto de milho e um teleférico na montanha; este último fez com que eu me lembrasse do meu aniversário de onze anos.

Aquele foi um aniversário memorável. Na verdade, impossível de esquecer. Meu pai, num raro momento de introspecção, decidiu que, na ausência de uma mãe, um pai zeloso provavelmente deveria dar uma festa de aniversário para seu filho, pelo menos uma vez na vida. Isso era algo que ele nunca tinha feito, então não era de surpreender que ficasse perdido. Uma vez, eu vi meu pai desmontar um motor Briggs & Stratton de cinco cavalos, do nosso cortador de grama, deixando-o só no osso, para depois remontá-lo perfeitamente. Mas ele não conseguia organizar uma festa de aniversário nem para salvar a própria vida.

Ele começou convidando aleatoriamente crianças do bairro, muitas que eu nem conhecia, incluindo duas irmãs cuja família tinha acabado de emigrar para os EUA, vindo da Hungria. As garotas não falavam inglês — pelo menos, não que algum de nós tivesse ouvido — e ficaram o tempo todo juntas, falando uma com a outra, em sussurros assustados.

Meu pai pegou uma minivan emprestada e levou todos nós até a pizzaria Pizza Hut (o que não foi tão ruim) e, depois, até um teleférico, para o qual ele havia encontrado um ingresso. Ficava a quarenta e cinco minutos de nossa casa.

As meninas húngaras só se tornaram relevantes para a festa quando a menor (nenhum de nós jamais soube seus nomes) conseguiu, de alguma maneira, prender seus longos cabelos louros no cabo do teleférico, fazendo-o parar na metade do trajeto, o que a deixou pendurada, centenas de metros acima do solo, gritando histericamente.

A missão de resgate compensou muito o preço do ingresso. Nós, e mais algumas dúzias de outros grupos que aguardavam, ficamos boquiabertos quando um dos funcionários do teleférico, usando luvas grossas, desceu pelo cabo até ficar perto o suficiente para cortar os cabelos da garota com um alicate, fazendo com que ela deslizasse pelo cabeamento. Nós aplaudimos e comemoramos quando ela ficou livre, julgando a operação de resgate um sucesso. Quer dizer, todos nós exceto as irmãs, que aparentemente acharam o contrário, o que ficou evidente por seus rostos vermelhos e chorosos. A menina mais velha ficava examinando os cabelos picotados da irmã e chorando.

Quando voltamos ao nosso bairro, meu pai deixou as garotas na frente de casa e saiu em disparada, antes que elas chegassem à porta. Eu perguntei se ele não deveria dizer aos pais delas o que havia acontecido, mas meu pai só resmungou algo do tipo "eles não falam inglês tão bem" e "sendo de um país do bloco comunista, estão acostumados a coisas desse tipo". Eu pensei nessa frase durante anos e, toda a vez que ouvia dizer algo sobre um país comunista, imaginava garotas infelizes com tufos de cabelos mal cortados.

Ao anoitecer, eu estava perto de Rapid City e, se estivesse de carro, teria dirigido até o centro da cidade, mas já tinha caminhado 32 quilômetros e havia uma colina sinistra à minha frente. Portanto, terminei meu dia fora do perímetro da cidade, no Happy Holiday Motel. A qualquer momento, eu esperava ver Pamela descendo de um carro atrás de mim, mas isso não aconteceu. Fiquei tolamente otimista quanto a ela ter finalmente desistido e voltado pra casa. Eu estava errado.

CAPÍTULO

Cinco

Ontem à noite, sonhei que eu estava beijando McKale. Quando eu pressionava meus lábios contra os dela, era preenchido com uma imensa alegria. Então, minha alegria se transformava em horror quando eu percebia que não a estava beijando, mas fazendo respiração boca a boca.

Diário de Alan Christoffersen

Na manhã seguinte, acordei imaginando o que Pamela queria me dizer. Se ela tivesse vindo se desculpar, era tarde demais pra isso. A pessoa a quem ela tinha que pedir perdão já havia partido.

Depois do café da manhã, alonguei minhas pernas e costas, arrumei minha mochila e comecei a caminhar.

Não gosto de dias que começam com grandes colinas; o mesmo era verdade, no sentido figurado, quando eu tinha uma agência de publicidade. Em menos de duas horas, Rapid City surgiu à minha frente.

Rapid City me lembrou muito Spokane. Como era a primeira cidade de tamanho real pela qual eu passava desde Cody, Wyoming, decidi deixar de lado a rota dos caminhões e caminhar por dentro da cidade. Sem dúvida por inspiração do fervor presidencial do Monte Rushmore, havia uma estátua de bronze em cada esquina, representando um presidente americano em alguma atividade do seu mandato.

Eu não reconhecia muitos deles. Na verdade, a maioria. Isso não era surpreendente. Quer dizer, será que hoje, alguém vivo poderia apontar James K. Polk num reconhecimento policial ou reconhecer Rutherfor B. Hayes se desse de cara com ele num elevador? E quanto a William Henry Harrison, nosso presidente de vida mais curta, que morreu apenas trinta e dois dias depois de assumir o cargo? Fiquei imaginando como seria sua estátua — um homem acamado?

No fim da rua, virei à esquerda na East Boulevard, em direção à I-90. Caminhar por dentro da cidade é sempre mais lento, e para aumentar o meu atraso, havia uma grande obra rodoviária no caminho, que me forçou a me esquivar de operários e maquinário ao longo de alguns quilômetros. Antes de chegar à metade da cidade, eu já estava ansiando pela natureza outra vez. O único restaurante que encontrei, fora as cadeias habituais de fast-food, foi um restaurante vietnamita, que me pareceu interessante. Porém, lá dentro, acabei pedindo coisas que não eram vietnamitas — frango com gergelim e camarão tailandês com curry. Ambos estavam bons. Comi rapidamente, ansioso em seguir caminho e sair da cidade.

Parei num mercado para fazer um estoque de alimentos: fruta enlatada, carne seca, barras de Clif, pão, Pop-Tarts, um vidro de alcachofra e água. Meia hora depois de sair do mercado, cheguei à Interestadual 90 e segui para o leste.

A estrada estava perigosamente movimentada, e, durante a maior parte do caminho, fui forçado a caminhar pelo acostamento desnivelado e esburacado da rodovia.

Até o fim da tarde, o trânsito tinha melhorado, enquanto a paisagem ia se tornando monótona e desolada. Hectares de parques de trailers e a ausência de árvores formavam um cenário insípido. Eu me senti como se estivesse novamente no leste do Wyoming. Até que vi a primeira placa da Wall Drug.

A Wall Drug é uma lenda, uma verdadeira história de sucesso americana, um estudo de caso sobre a força da propaganda. Qualquer publicitário que se preze conhece a Wall Drug.

A história da Wall Drug começou em 1931, quando Ted Hustead, um jovem farmacêutico que trabalhava em Canova, Dakota do Sul, tomou a decisão de ir à luta sozinho. Com a herança de três mil dólares que recebeu do pai, ele e a esposa, Dorothy, entraram em seu calhambeque e começaram a procurar um imóvel para comprar e abrir uma loja.

A busca os levou à desolada cidadezinha de Wall, Dakota do Sul — uma área do estado que o sogro de Ted descrevera como "a terra mais esquecida por Deus". A cidade não apenas ficava no meio de lugar algum, mas também era pobre — os residentes eram, em sua maioria, sobreviventes da Grande Depressão. Wall estava longe de ser o tipo de local para se começar um negócio bem-sucedido.

Apesar dos reveses, Ted e Dorothy se sentiam em casa na cidadezinha, em grande parte, pelo fato de haver uma igreja católica, aonde eles iam à missa diariamente. Eles rezavam por uma boa decisão e, sentindo uma orientação divina, optaram por comprar a farmácia que estava em dificuldades.

Conforme os meses e anos passavam, a farmácia seguia aos tropeços, constantemente à beira da falência. Apesar de sua fé, Ted começou a se perguntar se eles tinham feito a coisa certa. Ele finalmente decidiu dar à loja mais cinco anos.

— Cinco anos — ele disse à mulher — e, se até lá não der certo...

Dorothy foi mais otimista.

— Em alguns anos, o Monte Rushmore estará concluído — ponderou ela. — Haverá muito mais movimento e negócios.

Em parte, ela estava certa. A cada ano, o tráfego que passava por Wall aumentava, mas o negócio deles não. Dia após dia, o casal sentava na varanda da loja e olhava os carros passarem — poucos paravam na cidade empoeirada.

Então, um dia, Dorothy teve uma epifania. Estar no meio de lugar nenhum significava que todas aquelas pessoas que passavam por ali já tinham dirigido por um bom tempo, atravessando a campina quente e desolada.

— Eles estão com sede — disse Dorothy. — Eles querem água. Água gelada. E nós temos gelo de sobra e água de sobra.

No dia seguinte, Ted pintou uma placa oferecendo ÁGUA GELADA GRÁTIS. Então, seguindo o modelo das famosas placas de Burma Shave, ele fincou placas a cada quilômetro ou mais, que guiavam os motoristas à sua loja. Quando ele retornou, as pessoas já tinham começado a parar por causa da água gelada, e Dorothy estava correndo de um lado para o outro, como uma maluca, tentando atender todos os clientes, que, além de pedirem água, compravam os outros produtos da loja.

Hoje, a drogaria mundialmente famosa atrai milhões de visitantes por ano, até vinte mil por dia. Suas placas de propaganda eram menores que os outdoors convencionais, mas o que lhes faltava em tamanho sobrava em frequência, com frases criadas para alcançarem todos.

Compre um Milkshake. Wall Drug

Compre uma Rootbeer. Wall Drug

Bem perto. Wall Drug

Café e Donuts Grátis Para Veteranos do Vietnã. Wall Drug

Ainda escravo dos meus antigos hábitos de publicitário, peguei meu diário e comecei a anotar os slogans. Quando comecei meu registro, eu já tinha passado por quatro placas e ainda estava a mais de 65 quilômetros de Wall.

Até o começo da noite, eu já tinha percorrido cerca de trinta quilômetros através de vastos trechos de nada além de planícies, campos e as placas da Wall Drug. O restinho de luz do dia estava sumindo e eu estava procurando um lugar para acampar quando um carro encostou uns trinta metros atrás de mim. A porta se abriu e Pamela desceu. Ela agradeceu ao motorista e depois fechou a porta.

— Alan — disse ela.

Inacreditável, eu pensei. *Ela é o coelhinho da Duracell dos perseguidores.*

Adiei meu plano de acampar e continuei caminhando. Pamela me seguiu. Eu caminhei por mais uns oito quilômetros, até que não havia sinal dela — ou de nenhuma outra coisa — exceto um monte de nada e as placas da Wall Drug. A noite estava quente, e eu abri meu saco de dormir embaixo de uma passarela da rodovia. Fiquei imaginando como Pamela planejava passar a noite.

Na manhã seguinte, acordei antes de o sol nascer. Olhei em volta, à procura de Pamela, mas não a vi, embora tivesse certeza de que ela estava por ali, em algum lugar. Fiquei imaginando como ela estava sobrevivendo. Não tinha suprimentos, nem saco de dormir, nem colchão de ar, só uma bolsa simples de mulher e sapatos ruins. *Será que ela realmente tinha dormido na estrada?*

Comi dois Pop-Tarts, uma barra de Clif e uma maçã, depois parti para um novo dia de placas da Wall Drug.

Wall Drug. Fotos Históricas

Wall Drug. Faltam 56 KM

Todos os Caminhos Levam à Wall Drug

Roupa do Velho Oeste. Wall Drug

Viagem Rodoviária. Wall Drug

Xerife de plantão. Wall Drug

Decoração do Velho Oeste. Wall Drug

Wall Drug ou Caia Morto

Coelho de 1,80m. Wall Drug

Hambúrgueres de Búfalo. Wall Drug

Água Gelada Grátis. Wall Drug

Seja Você Mesmo. Wall Drug

Mapas da Região Árida. Wall Drug

Caneca Gelada Para Cerveja.

Wall Drug Saca só: Wall Drug

Depois de uma hora de caminhada, avistei a silhueta de alguém caminhando à minha frente, a distância. *Não pode ser*, eu pensei. *Não pode ser ela.*

Era. Pamela estava caminhando à minha frente. Mesmo a distância, dava pra ver que ela estava mancando ainda mais.

Atravessei para o outro lado da estrada. Quando eu estava ao lado dela, deu pra ver como sua aparência estava ruim. Seu cabelo estava embaraçado e ela parecia pálida.

— Por favor, fale comigo — disse ela. — Estou implorando.

— Vá pra casa, Pamela.

— Não vou desistir — disse ela. — Não me importa se isso me matar.

— Talvez mate — eu disse.

— Por favor.

Eu continuei andando.

Wall Drug EUA saída 110

Wall Drug Desde 1931

Café 5 centavos. Wall Drug

Atração Obrigatória em Dakota. Wall Drug

Água Gelada Refrescante e Gratuita. Wall Drug

Por volta de meio-dia, parei na lateral da estrada para comer uma lata de salada de frutas, mais uma barra de Clif e minha própria invenção, um sanduíche de carne seca. O terreno era plano, mas, com exceção das placas, não se via nada, nem Pamela.

Informação Turística. Wall Drug

Saloon Skinny. Wall Drug

É legal. Wall Drug

Conheça a Wall Drug Mining Co.

Ícone Americano. Wall Drug

A Garotada Adora a Wall Drug

Enquanto eu caminhava por aquele cenário imutável, minha mente vagava. Fiquei imaginando como Kailamai e Nicole estariam. Nicole foi a mulher que cuidou de mim quando eu fui atacado perto de Spokane. Kailamai era uma jovem que fugiu de casa, a quem conheci pouco depois, perto de Coeur d'Alene, Idaho. Eu apresentei as duas, e agora Kailamai dividia a casa com Nicole. Minha sensação era de que meses já haviam passado desde que eu as vira. Contei os dias: trinta e seis. Apenas trinta e seis dias. A impressão era de que seis meses já haviam passado. Pelo menos.

Eu me lembrava que em Spokane tinha prometido ligar para o meu pai toda semana. Ele tinha comprado um telefone pra mim, especificamente para essa finalidade. Eu não tinha certeza se teria ou não sinal telefônico para isso, mas parei, peguei o telefone na mochila e liguei. Só dois pontinhos. Apertei e segurei o número um, ligando para o meu pai. Ele atendeu antes do segundo toque.

— Onde está você? — perguntou ele.

— Lugar nenhum. Estou em Dakota do Sul, na Rodovia 90.

— Já passou pela Wall Drug? — perguntou ele.

— Você conhece a Wall Drug? — eu perguntei.

— Todo mundo conhece a Wall Drug — disse ele. — Já saiu no *Reader's Digest* e na revista *Life*. — No mundo do meu pai, *todos* haviam lido essas revistas. E ainda liam.

— Não. Mas passei por uma porção de placas deles.

— Eles são famosos por causa dessas placas. Como você está?

— Eu estou indo bem. E você?

— Você me conhece. Nada muda.

— Tem tido notícias de Nicole?

— Sim. Nós nos falamos algumas vezes por semana. Ela é uma jovem muito agradável. Estamos fazendo as coisas com calma. Eu a inscrevi num plano de previdência e alguns fundos de investimentos.

— Como vai ela? — eu perguntei.

— Ela está ótima. Recebeu aquela herança.

— Eu não quis dizer financeiramente — eu disse.

— Ah. Bem, eu não saberia. Ela parece bem.

— Ela mencionou Kailamai?

— Quem?

— Acho que não.

— Ela perguntou por você. Queria saber se eu tinha notícias suas, como você está.

— Diga a ela que ainda estou caminhando.

Ele riu.

— Eu farei isso. Se eu fosse tolo, não veria que ela está meio gamada.

— Em quem?

— Em quem você acha?

Eu não tinha certeza de como responder, então mudei de assunto.

— Tem um negócio estranho acontecendo. A mãe de McKale...

— Pamela — disse meu pai.

Eu fiquei surpreso por ele saber seu nome. Mas claro que ele sabia. Ele e Sam tinham sido vizinhos por mais de uma década.

— Isso. Pamela — eu disse. — Ela está me seguindo.

— Seguindo você? De carro?

— A pé.

— Ela está caminhando com você?

— Comigo, não. Ela está me seguindo.

Houve uma longa pausa.

— O que ela quer?

— Não tenho certeza. Ela diz que quer falar comigo.

— Sobre o quê?

— Não faço ideia.

— Por que não pergunta a ela?

— Estou tentando evitá-la.

— Eu a vi no enterro de McKale — disse ele.

— Eu sei. Também vi.

— Talvez você deva descobrir o que ela quer.

— Talvez ela deva simplesmente ir pra casa — eu disse.

Ele não respondeu nada. Depois de um instante, eu disse:

— Lembra daquela vez que você me deu uma festa de aniversário e nós fomos ao teleférico?

— Sim. E aquela garota alemã ficou com o cabelo preso no cabo.

— Ela era húngara.

— Isso mesmo. O que é que tem?

— Obrigado — eu disse.

— Por quê?

— Por me dar a festa.

— Ele ficou quieto por um instante.

— De nada.

— Eu falo com você na semana que vem — eu disse.

— Está bem. Cuide-se.

— Tchau.

Desliguei o telefone, guardei-o na mochila e continuei andando.

Torta Caseira. Wall Drug

Fast Food. Wall Drug

Sorvete Caseiro. Wall Drug

Wall Drug, Como Vista no CMT

Café Quente por 5 centavos. Wall Drug

Roupas do Velho Oeste. Wall Drug

Algo Para Se Gabar. Wall Drug

Donuts Caseiros. Wall Drug

Café e Donuts Grátis Para Quem Está em Lua-de-Mel

Naquela noite, dormi atrás de um dos outdoors da Wall Drug, o que estava anunciando café por cinco centavos. A estrada era plana e lisa, o que facilitava minha caminhada, mas não havia nenhum serviço. O sogro de Ted Hustead estava certo, esse era o lugar mais esquecido por Deus em todo o planeta. Felizmente, eu estava preparado. Tinha perguntado sobre esse trecho no mercado de Rapid City, e me disseram que não havia nada até Wall. Eu tinha guardado vários litros de água, que, apesar do peso, eu bebia com economia.

Isso me levou a pensar: onde Pamela estava arranjando água?

CAPÍTULO

Seis

Aquele que me persegue forçou a barra.

✦ Diário de Alan Christoffersen ✦

Não dormi bem naquela noite. O chão parecia mais duro que o habitual, se isso fosse possível. Minha água estava quente, e a água gelada da Wall Drug soava muito bem. Dorothy Hustead era uma moça esperta.

No café da manhã, eu notei que um rato do campo tinha entrado em minha mochila e roído o canto da minha barra Clif de manteiga de amendoim. Parti o canto estragado e comi o restante da barra, junto com um pouco de pão e minha última lata de salada de frutas. Então, embrulhei meu saco de dormir e parti, com um pouquinho de dor nas costas. Eu estava pronto para uma cama de verdade.

Dali a três quilômetros, a paisagem se abriu num vale — um alívio ao tédio das planícies. As placas ainda estavam lá.

Novo Dinossauro. Wall Drug

Suprimentos de Camping. Wall Drug

Excelente Café Quente por 5 centavos. Wall Drug

Depois de um ataque psicológico desses, será que alguém poderia deixar de parar na Wall Drug? Esse era um exemplo claro em que, assim como aconteceu com a California Raisins ou o Pepto-Bismol, a propaganda se tornou maior que o produto.

Depois de oito quilômetros, passei pela cidade de Wasta. Não faço ideia do que significa.

Na verdade, Wasta não era uma cidade e tanto, mas foi a primeira que vi depois de Rapid City. A rodovia cruzava o Rio Cheyenne, que era o primeiro curso d'água que vi em algum tempo. Meia hora depois de passar pelo rio, cheguei a um ponto de parada, onde usei o banheiro. Peguei papel higiênico extra, porque o meu estava acabando. Enchi minhas garrafas com água fresca.

Conforme eu prendia as garrafas na cintura, aquele pensamento voltou: o que Pamela estaria fazendo para arranjar água? E se ela realmente estivesse falando sério quanto a morrer? Para seu próprio bem, eu esperava que ela tivesse sido esperta o bastante para pegar uma carona de volta a Custer ou ao lugar onde deixara seu carro. Ela tinha que ter feito isso. Não poderia ter chegado a essa distância sem encontrar água em algum lugar.

Depois dessa parada, aumentou a frequência dos ataques das placas da Wall Drug, garantindo que eu estava me aproximando. Com o ritmo que eu vinha mantendo, chegaria a Wall até o fim da tarde.

Ouro de Black Hills. Wall Drug.

Saída 109. Wall Drug

Experimente a Wall Drug

Café por 5 centavos. Wall Drug

Posto de Gasolina Conoco e Wall Drug

O Velho Oeste. Wall Drug

Parada de Ônibus Turístico. Wall Drug

Café e Donuts Grátis Para Veteranos. Wall Drug

Famosa Galeria de Arte do Oeste – Atração Wall Drug Obrigatória

Eu ainda estava fazendo o registro das placas em meu diário. Só por curiosidade, contei os registros quando parei para o almoço. Cinquenta e dois. E isso foi só o que eu encontrei rumo ao leste. Eu tinha certeza de que havia a mesma quantidade do outro lado de Wall. Havia mais de cem placas. Considerando-se os locais onde estavam posicionadas, nas margens de sítios, eu imaginei que o pessoal da Wall Drug não estava pagando as tarifas habituais de propaganda, já que uma campanha de outdoor dessa magnitude custaria uma fortuna. Isso era provavelmente conduzido como um acordo de vizinhos, uma ou duas tortas semanais ou sorvete grátis para os filhos do fazendeiro. A parte sul de Dakota do Sul parecia esse tipo de lugar.

Alguns quilômetros depois, eu vi os trilhos do trem no lado sul da estrada. Fiquei imaginando onde eles estavam durante os últimos oitenta quilômetros.

Uma hora mais tarde, deparei com um lago de tamanho razoável, com uma água azul convidativa. Desci o acostamento íngreme da estrada até a beirada do lago. Como não havia carros à vista, tirei a roupa e entrei. Fazia dois dias que eu não tomava banho, desde o Happy Holiday Motel, e eu estava todo grudento. A água me deu uma sensação magnífica. Lavei meus cabelos com um frasquinho de xampu que tinha sobrado da Pousada Holly House.

Tomei banho por cerca de vinte minutos, me sequei, me vesti e subi de volta para a estrada. Eu estava caminhando havia duas horas quando ouvi o som familiar de um carro parando atrás de mim. Pamela. *Pelo menos, ela não tem dificuldade para conseguir carona*, pensei. Claro que se eu visse uma estranha — uma mulher madura — pedindo carona nessa estrada, minha consciência não me deixaria passar direto. Mas ela não era nenhuma estranha pra mim. Eu sabia o que ela tinha feito.

Conforme eu a observei descendo do carro, deu pra ver que havia algo errado. O motorista estava dizendo alguma coisa pra ela; as palavras dele, apesar de indecifráveis, pareciam suplicantes. Pamela disse um sucinto "obrigada" e fechou a porta do carro, cambaleando um pouquinho ao dar um passo atrás. Mesmo a distância, eu podia ver que ela não estava bem. Estava inclinada para o lado e seus passos estavam esquisitos.

Uma vez eu li sobre as pessoas que vão até Meca para pagarem seus pecados. Fiquei imaginando se, em determinado grau, Pamela via essa jornada como uma penitência. Talvez ela realmente estivesse disposta a caminhar até morrer. Eu não queria pensar sobre isso. Continuei, passando por mais duas placas.

Wall Drug, EUA. Logo adiante
Pratos Caseiros Especiais no Almoço. Wall Drug

Alguns minutos depois, olhei pra trás. Pamela estava mais longe do que eu achei que estaria. Na verdade, parecia que ela não tinha dado mais que alguns passos desde que descera do carro. Eu continuei andando, mas me virei pra trás menos de um minuto depois. Pamela estava caída de cara no chão.

Soltei a mochila no acostamento da estrada e corri de volta até ela.

Conforme fui me aproximando, fui ficando mais ansioso. Ela não estava se mexendo. Quando eu estava a uns trinta metros de distância, coloquei as mãos em concha na frente da boca e gritei

— Pamela!

Nada. Gritei novamente

— Pamela!

Ela lentamente ergueu a cabeça, de modo que seu queixo tocou o asfalto. E me olhou com uma expressão confusa. Quando cheguei até ela, agachei ao seu lado.

— Você está bem?

Ela não respondeu. Seus olhos corriam de um lado para o outro. Seu rosto estava arranhado de um lado, e a pele tinha um tom vermelho vivo. Seus lábios estavam rachados. A boca se mexia, mas ela estava com dificuldades para falar.

— Eu lamento disse ela.

— Quando foi a última vez que você bebeu alguma coisa? — eu perguntei, pegando uma garrafa de água do cinto.

— Há muito tempo — disse ela, embolando as palavras.

Ergui a garrafa até seus lábios. Ela abriu a boca, e eu virei a água dentro. Ela deu goladas, embora boa parte da água escorresse pela lateral da boca e do rosto. Ela só parou de beber algumas vezes e esvaziou a garrafa em menos de um minuto. Quando a garrafa estava vazia, ela deitou de bruços de novo, com o rosto nos braços.

Ela ficou ali deitada por mais quinze minutos, antes de virar de lado.

— Obrigada.

— Quer mais água?

Ela assentiu.

— Sim. — Sua fala já estava melhor.

Peguei outra garrafa, que estava pela metade. Ela mesma segurou e, dessa vez, bebeu rapidamente. Quando terminou a água, eu lhe dei uma barra de Clif, que estava no bolso da minha calça.

— Tome, coma isso — eu disse, abrindo a embalagem. — Você precisa de carboidrato.

Ela comeu rapidamente.

— Ficar me seguindo foi uma burrice — eu disse. — Você não está preparada pra isso. Poderia ter morrido aqui.

Ela lentamente ergueu os olhos pra mim.

— Teria importância?

Eu olhei para ela por um bom tempo, depois disse:

— Tem um hotel em Wall. Vou levá-la até lá. Você consegue andar?

— Se eu for, você vai falar comigo?

— Não — eu disse.

— Então vá — disse ela. — Apenas me deixe.

— Não vou deixá-la.

Apesar de sua fraqueza, ela gritou.

— Me deixe! — Ela deitou de bruços no asfalto. — Apenas me deixe.

Olhei em volta. Não havia ninguém à vista. Exalei o ar lentamente.

— Está certo. Eu vou falar com você.

Ela me olhou com expressão desconfiada.

— Venha — eu disse. — Estou falando sério. Venha comigo até Wall, e nós vamos conversar.

Ela fechou os olhos por um instante, depois lentamente se esforçou para ficar de joelhos. A frente de sua blusa estava suja, e seus braços estavam vermelhos e marcados pelas pedrinhas sobre as quais ela tinha caído.

Ela deu um passo, se apoiando em mim. Depois, outro. Nós levamos mais de vinte minutos para voltarmos até minha mochila e quase quarenta e cinco minutos para percorrer pouco mais de um quilômetro até a rampa de saída para Wall. Somente alguns carros passaram por nós, e quando eu estendia o polegar pedindo carona, nenhum deles parava. Passamos por mais três placas no caminho.

Saída Para Wall Drug

Wall Drug, Mantenha-se à Direita. Estacionamento Grátis

Wall Drug, Direto Em Frente, 4 quadras

Pamela estava cambaleando e ofegante no alto da rampa de saída da rodovia.

— Posso descansar um momento?

— Claro — eu disse.

Eu a levei até a superfície curva do guard-rail, onde ela se sentou.

Voltei à beirada da estrada e estiquei novamente o polegar quando vi um veículo se aproximando. Ele imediatamente diminuiu — um fenômeno nada incomum em algumas cidades pequenas. Um homem de cabelos grisalhos dirigia uma caminhonete antiga e parou logo adiante de nós. Eu caminhei até a janela da caminhonete, conforme o motorista abaixava o vidro. O homem estendeu o braço e desligou o rádio que estava tocando música country em altos brados e depois olhou pra mim.

— Precisa de uma carona?

— Sim, só até a cidade.

— É menos de um quilômetro. Entrem na frente.

Caminhei de volta e ajudei Pamela a entrar na caminhonete, praticamente empurrando-a para cima, fazendo-a entrar na cabine e se sentar no banco. Então, joguei minha mochila na caçamba da caminhonete e entrei na cabine, ao lado de Pamela.

— Como vão vocês essa tarde? — perguntou o homem.

Pamela forçou um sorriso.

— Obrigada por parar.

— O prazer é meu — disse ele.

— Nós só vamos até o hotel mais próximo — eu disse ao homem.

— É o Ann's — ele respondeu. — Bem ao lado da Wall Drug. — Ele ligou a seta, checou o espelho e entrou na cidade.

O Ann's Motel era uma pequena pousada na rua principal de Wall, a oeste do complexo Wall Drug. O homem entrou no estacionamento do hotel e parou a caminhonete na frente da porta do lobby. Eu saí e então ajudei Pamela, segurando seu braço, conforme ela descia.

— Obrigado — eu disse ao homem.

— Não por isso. Não se esqueça de sua mochila.

Pamela disse:

— Obrigada, senhor.

— O prazer foi meu, senhora — respondeu ele, gentilmente.

Fechei a porta depois que Pamela saiu e peguei minha mochila na caçamba da caminhonete. Dei um tapinha na traseira da caminhonete, que partiu.

Pamela seguiu mancando até um banco de madeira perto do lobby do hotel, enquanto eu fui lá dentro pedir nossos quartos. Felizmente, o hotel tinha vaga, e eu peguei dois quartos no nível da rua. Na recepção, havia uma geladeira com porta de vidro, cheia de bebidas à venda, e eu comprei uma garrafa de Gatorade. Peguei nossas chaves com o atendente, depois voltei lá fora até Pamela. Entreguei-lhe uma chave e o Gatorade.

— Você deve beber isso logo. Vai ajudar.

— Obrigada — disse ela, guardando a garrafa na bolsa.

— Eu peguei um quarto pra você, no piso principal. Cento e onze, bem ali. Pamela se levantou sozinha, com a bolsa no ombro.

— Podemos conversar agora?

— Ainda não — eu disse. — Quero que você beba isso e descanse um pouco. Vou ver o que eles têm pra comer lá na drogaria, e nós vamos jantar mais tarde. Então falaremos.

— Obrigada — disse ela. — Obrigada.

— Não me agradeça. Você não me deu escolha.

— Sempre temos uma escolha — disse ela.

Diante das circunstâncias de nosso relacionamento, eu achei seu comentário intrigante. Ajudei-lhe até seu quarto, depois fui para o meu.

Meu quarto era um pequeno retângulo mobiliado com duas camas de casal, com colchões duros e edredons florais antigos.

Depois de tantos dias sem conforto, foi tão bem-vindo quanto uma suíte no Four Seasons.

Recostei minha mochila na parede e despenquei na cama. Fiquei imaginando o que Pamela tinha de tão importante a dizer para ter arriscado sua própria vida me seguindo. O que ela poderia dizer em defesa própria? Mais que tudo, eu fiquei me perguntando o que McKale acharia disso tudo.

Eu me lembro da primeira vez que perguntei a McKale onde sua mãe estava. Eu só tinha nove anos e tinha perdido a minha mãe há menos de um ano, portanto as mães eram um assunto do meu interesse. Principalmente as sumidas.

— Nós a colocamos pra fora — disse McKale.

Olhei pra ela surpreso.

— Por que fizeram isso?

— Eu e meu pai não a queremos mais. Até jogamos fora todas as suas fotografias para não precisarmos olhar pra ela.

A resposta dela foi a coisa mais estranha que eu já tinha ouvido. Mesmo naquela idade, eu achava que tinha mais coisa na história, mas sabia que não devia perguntar.

Uma semana depois, nós estávamos no quintal dos fundos de McKale, subindo num abacateiro, quando um pedaço de papel caiu do bolso de sua calça. Eu pulei para baixo, o peguei e depois o desdobrei. Era uma foto amassada de uma mulher.

— Quem é essa? — eu perguntei, segurando a foto.

McKale pareceu horrorizada.

— Não é ninguém.

— É alguém — eu disse.

McKale desceu da árvore.

— Se precisa saber, é minha mãe.

— Achei que você tivesse dito que jogou fora todas as fotos — eu disse, inocentemente satisfeito por ter pegado McKale numa mentira.

Os olhos dela se encheram de lágrimas.

— Você é tão bobo — disse ela. Ela correu pra dentro de casa, me deixando sozinho no quintal dos fundos, segurando a foto de Pamela e imaginando o que eu teria feito de errado.

Com essa lembrança reprisando na mente, eu fechei os olhos e adormeci.

CAPÍTULO

Sete

*Uma vez que você abre o livro da vida de alguém,
a capa nunca mais parece a mesma.*

Diário de Alan Christoffersen

Acordei assustado. Não tivera intenção de adormecer, mas depois de três noites dormindo no chão duro, eu apaguei antes de perceber. Olhei o relógio e vi que eram quase quinze para as nove. Eu gemi:

— Pamela.

Fui até o banheiro e lavei o rosto, depois fui lá fora e bati na porta de Pamela. Ela atendeu imediatamente.

— Eu estava pensando se você teria mudado de ideia.

— Não. Desculpe, eu peguei no sono. Está pronta?

Ela provavelmente estava esperando havia horas, mas só assentiu.

— Estou pronta. — Ela saiu, fechando a porta atrás de si. — Obrigada.

A Wall Drug não é só a loja que era quando começou; agora, é uma longa fileira de edificações que parecem um cruzamento de centro comercial com cenário do Velho Oeste, de estúdio de cinema. O restaurante da Wall Drug ficava localizado no meio do complexo.

Eu abri a porta para Pamela, e entramos num imenso salão de jantar, separado em duas áreas de refeição por uma cozinha e uma longa fileira de bufês ao estilo refeitório.

A área de mesas mais próxima da rua tinha um balcão de sorvete e doces, com tortas, brownies e outros confeitos, incluindo uma bandeja dos famosos "donuts gratuitos para veteranos".

As paredes forradas de lambri tinham objetos de caubói pendurados: pinturas de caubói, cavalos e americanos nativos. Estavam todos à venda, como praticamente tudo que se via no local.

Só havia um casal no salão de jantar. Pamela me seguiu até uma mesa no canto sudeste do salão — do lado oposto a eles.

— Podemos sentar aqui — eu disse. — O que você quer comer?

— O que você pedir está ótimo — respondeu Pamela.

Depois de dar uma olhada no cardápio escrito à mão, pedi duas Cocas, duas sopas de galinha e sanduíches com molho francês. Paguei pela comida e voltei à mesa, onde Pamela estava sentada, quieta. Por um instante, nós apenas nos olhamos, depois eu cruzei as mãos à minha frente, em cima da mesa.

— Do que você quer falar?

Pamela respirou fundo.

— Não tenho certeza de por onde começar.

Depois de um momento, eu disse:

— Por que não começa me dizendo o motivo de ter abandonado sua filha? — Minhas palavras soaram mais ásperas do que eu pretendia.

Ela concordou.

— Tudo bem. — Ela olhou para baixo por um bom tempo. Quando ergueu os olhos para mim, seu olhar tinha uma tristeza profunda. — Eu quero que você entenda uma coisa. O que vou lhe dizer não é uma desculpa, é um motivo. Se eu pudesse ter feito as coisas de outra forma, teria feito. — Ela olhou nos meus olhos para ver se eu tinha entendido.

— Tudo bem — eu disse.

Ela se acomodou ligeiramente em sua cadeira.

— Devo começar pelo começo. — Ela respirou fundo outra vez. — Eu era muito jovem quando me casei com Sam. Só tinha dezoito anos. Jovem demais. Minha vida em casa era terrível, e acho que eu só estava procurando um jeito de sair de lá. Meus pais estavam sempre brigando. Estavam sempre gritando e berrando um com o outro. Às vezes, as brigas ficavam violentas. Uma vez, os vizinhos chamaram a polícia, mas quando eles chegaram, o que meus pais fizeram foi gritar com eles. Os policiais foram embora sacudindo a cabeça. Era uma loucura.

— Alguma vez foram violentos com você? — eu perguntei.

— Minha mãe me bateu algumas vezes. Mas vê-los ferir um ao outro era pior. Eu costumava me esconder no meu armário, com as mãos tapando os ouvidos. Mas é claro que eu ouvia cada palavra. Eu sempre achei que fosse culpa minha. Sei que não é racional, mas as crianças não são muito racionais.

"Esse padrão prosseguiu por toda minha infância. Eu não sei por que eles não faziam terapia ou simplesmente deixavam um ao outro. Acho que eles eram simplesmente doentes. Ou o relacionamento era doente. Era o ciclo deles. Mas eu nunca me acostumei àquilo.

"Quando eu tinha idade suficiente, arranjei um emprego de garçonete numa casa de panquecas. Eu trabalhava o máximo que podia e, quando não estava trabalhando, ficava com as minhas amigas. Nós ficávamos na rua até bem tarde, e eu dormia na casa delas. Durante meses, eu mal ia pra casa. Eu não tinha ido embora de casa, só parei de ir lá.

"Na primeira vez que fui pra casa, depois de ficar fora mais de uma semana, achei que meus pais estariam aborrecidos e preocupados comigo. Mas pareceu que eu nem tinha me ausentado. Meu pai nem estava lá, e minha mãe nem sequer perguntou onde eu estava.

"Quando me formei no Ensino Médio, parei de ir pra casa de vez. Passava quase todo o meu tempo com outra garçonete do restaurante. Seu nome era Claire. Ela era minha amiga da escola e tinha me ajudado a conseguir o emprego. Nós trabalhávamos até fechar, depois íamos a festas e então eu dormia na casa dela. Acabei indo morar lá.

"Foi onde eu conheci Sam. Ele era primo de Claire. Sam era muito mais velho que eu. Oito anos mais velho. — Ela sacudiu a cabeça. — Ele só tinha vinte e seis anos, mas, naquela época, parecia muito mais velho. Acho que, comparado a mim, ele era. Eu só o conhecia há algumas semanas quando ele me convidou para sair.

"Ele era diferente dos garotos com quem eu andava. Todos eles ainda eram garotos. Sam era mais velho. Mais maduro. Em nosso terceiro encontro, ele me pediu em casamento. Eu disse sim. Não tinha certeza se era o certo a fazer, mas é como dizem: quem está se afogando não é exigente com a boia. À época, eu não tinha certeza de nada, exceto que gostava dele. E se eu ia me casar, achava que casar com alguém mais velho seria mais seguro.

"Até dois dias antes de nosso casamento, eu não sabia que Sam já tinha sido casado uma vez. Acho que sua ex era uma mulher de gênio forte, e ele não a suportava. Então, ele conseguiu anular o casamento seis semanas depois. Mais tarde, eu descobri que ele tinha dito a Claire que sua próxima esposa seria alguém mais jovem. Alguém que o obedecesse. Acho que foi por isso que ele se casou comigo. Eu era bem submissa. Fazia qualquer coisa que ele mandasse.

"Assim, nós nos casamos. O dia do nosso casamento foi o mais feliz da minha vida. Eu estava muito esperançosa. Então, em nossa lua-de-mel, Sam me disse para parar de evitar ficar grávida. Ele disse que queria um bebê logo. Na verdade, ele exigiu ter um, como se os meus sentimentos fossem irrelevantes. Nós nunca nem tínhamos discutido sobre filhos antes disso. Eu mesma ainda me sentia uma garota. A verdade é que eu nem sabia se queria um filho. Não queria que ninguém tivesse que viver uma vida como a minha.

"Mas Sam era mais velho que eu e disse que não queria ser um velho quando seus filhos estivessem no Ensino Médio. Eu sabia de coração que não estava pronta. Mas Sam não se importava com o que eu achasse. Ele tinha uma frase imbecil que ouvira em algum lugar — 'não são seus sentimentos, são seus fracassos'. Ele foi ficando mais cruel toda vez que eu recusava. Nós começamos a brigar quase o tempo todo. Eu não suportava. Era como se nós tivéssemos nos transformado nos meus pais.

"Finalmente, tudo chegou ao ápice. Depois de meses de briga, Sam me deu um ultimato. Ele disse que se eu não tivesse um bebê, ele encontraria outra pessoa que teria. Ele me deu até seu aniversário para que eu decidisse."

Enquanto Pamela falava, eu me dei conta de que apesar de todas as vezes que eu vira o pai de McKale, eu não o conhecia de verdade. Pra mim, ele era um cara tranquilo e sossegado, que trabalhava muito e ouvia discos de vinil quando estava de folga, o que, em parte, era o motivo de McKale estar sempre comigo. Eu não tinha certeza se acreditava em tudo que Pamela estava dizendo, mas estava claro que ela acreditava.

— Sam disse que a deixaria? — eu perguntei.

Os olhos de Pamela se encheram de água. Ela assentiu.

— Mais de uma vez. Eu fiquei arrasada. Eu nem achava mais que era por conta do bebê; era pra me controlar. Ele era bom em me punir. No começo, ele era passivo-agressivo. Passava dias sem falar comigo. Eu sempre fui mais carente do que ele, então, depois de um dia, eu estava implorando que ele falasse comigo, que me amasse. Depois, ele começou a me tratar como criança. Uma noite, ele disse que ia me dar umas palmadas. Eu achei que ele estivesse brincando. Mas ele não estava. Ele me fez subir no joelho dele e me bateu até que eu chorasse. Foi muito humilhante. Eu me senti como uma criança outra vez.

Pamela subitamente começou a chorar, e eu notei que os clientes da outra mesa estavam olhando pra nós. Esperei que Pamela recuperasse a compostura. Enquanto estávamos ali sentados, a campainha do balcão tocou. A mulher no balcão disse, numa voz alegre:

— Seu pedido está pronto.

Pamela estava enxugando os olhos com um guardanapo de papel.

— Vou pegar — eu disse. Fui até o balcão, peguei nossa bandeja e a trouxe para a mesa.

Quando eu me sentei, Pamela já tinha melhorado um pouco.

— Você quer comer ou continuar? — ela perguntou.

— Continue — eu disse. — Então por que você simplesmente não o deixou?

— Você teria deixado sua esposa? — perguntou ela.

— McKale não era agressiva.

Ela sacudiu a cabeça.

— Não sei por quê. Eu não o via como agressivo. Pelo menos, não naquela época. Pra mim, agressividade é quando você tem hematomas e ossos quebrados, não apenas um coração partido. — Ela olhou pra mim. — Eu não sei. Acho que você simplesmente tem que passar por isso para entender. Quando as pessoas estão em situações de agressividade, elas medem as coisas pelos contrastes. Por mais que Sam me ferisse, deixá-lo seria ainda mais doloroso. Além disso, parte de mim sempre achou que eu merecia ser maltratada. Era o que eu conhecia. Eu estava sempre tentando conquistar o amor de alguém. O negócio é que eu sabia que ele iria ganhar. Sabia que, no fim, eu teria que fazer o que ele dissesse.

"Passei os próximos dias me convencendo a fazer aquilo, dizendo a mim mesma que era uma boa ideia ter um bebê e como seria ótimo ter uma família. Ou eu dizia a mim mesma que quando o bebê chegasse, eu me sentiria diferente ou eu me dizia que talvez nem conseguisse engravidar e que, portanto, todo esse sofrimento poderia ser em vão. Finalmente, decidi que concordar seria o meu presente de aniversário para ele.

"Eu sabia que estava errada, que eu não estava nem perto de estar pronta para ser mãe. Mas não havia mais para onde ir.

"No aniversário de Sam, eu levantei, fiz um café da manhã pra ele e o levei numa bandeja. Embaixo da xícara de café, coloquei um bilhete que dizia 'SIM'. Ele me olhou com seu sorriso triunfante e disse: então vamos começar."

Pamela estava sacudindo a cabeça.

— Claro que eu engravidei de McKale imediatamente. Não entendo. Tem gente que suplica a Deus por um bebê e nunca consegue, e lá estava eu, torcendo para não engravidar, mas engravidei na hora.

"Eu estava aterrorizada. Sam só me dizia que ficaria tudo bem — que ser mãe era parte natural da vida da mulher. — Pamela fez uma careta. — Como se ele soubesse alguma coisa sobre ser mulher. — Ela olhou nos meus olhos. — Não importa o que digam, não é uma coisa natural; pelo menos, não pra todo mundo. Depois que ela nasceu, eu me lembro de me sentar na cama, segurando aquele bebezinho lindo, e pensar que eu deveria estar sentindo algo mágico e maravilhoso, mas o que havia de errado comigo? Eu jamais deveria ter tido um bebê até que estivesse pronta. Não foi justo com McKale. Não foi justo comigo."

Pamela limpou os olhos.

— Eu me sentia loucamente culpada por não me ligar a ela. Na verdade, eu me ressentia com ela. E me odiava por isso.

"Claro que eu não podia contar nada disso ao Sam. Uma vez, eu tentei, e ele se virou contra mim com tanta voracidade que tive medo que ele me machucasse."

Quando eu era pequeno, vi Sam explodir algumas vezes. Portanto, sabia que ele era capaz de uma ira extrema. Ela continuou:

— Ele me disse que eu era simplesmente egoísta.

— O que você respondeu?

Pamela baixou um pouquinho a cabeça.

— Eu disse que ele estava certo.

Nenhum de nós dois falou por um tempo. Ela estava esgotada, e eu não tinha certeza do que dizer. Depois de um tempo, ela disse:

— Você se importa se eu comer alguma coisa?

Eu percebi que ela provavelmente não comia nada há dias.

— Não. Claro que não.

Nós dois comemos. Pamela devorou seu sanduíche, parecendo ligeiramente constrangida por comer tão depressa. Quando terminou o sanduíche, começou a tomar a sopa — primeiro, com a colher, depois, erguendo a tigela. *Ela devia estar faminta*, eu pensei.

Quando terminou tudo, ela se desculpou.

— Desculpe. Faz tempo que eu não como.

— Não, sou eu que peço desculpas, deveria ter deixado você comer. Gostaria de mais alguma coisa? Uma torta?

— Não, obrigada — disse ela. — Posso continuar?

— Por favor — eu disse.

Ela olhou para baixo, organizando os pensamentos. Sua testa se franziu.

— Antes de ter a McKale, eu trabalhava como gerente numa loja de material hidráulico. Eu tinha saído quando McKale nasceu, mas tivemos dificuldades só com o salário de Sam, então, quando ela começou na escola, eu voltei ao trabalho.

"Um dia, entrou um homem muito bonito, o Jeremy. Ele era encanador, mas podia ter sido modelo. Eu estava num dia muito difícil, fazendo tudo pra não cair em prantos. Ele perguntou se eu estava bem, e eu comecei a chorar. Ele foi muito meigo. Perguntou se eu precisava de alguém com quem conversar e se ofereceu pra me encontrar depois do trabalho para um café. Eu agradeci, mas disse que era casada e me esquivei.

"Mas não foi a última vez que eu o vi. Ele passou a ser um cliente frequente e vinha à loja várias vezes por semana. Ele me trazia uma caixinha de chocolate toda vez que aparecia para adoçar o meu dia. Passei a ficar na expectativa de suas visitas.

"Um dia, Jeremy veio perto da hora do almoço. Enquanto esperava seu pedido, nós começamos nosso papo habitual, e ele perguntou se eu não queria comer alguma coisa. Foi a hora certa, ou hora errada, para ele perguntar. Sam e eu tínhamos acabado de ter outra briga feia naquela manhã. — Pamela parou e sua voz se abrandou. — Eu disse: sim.

"Acabamos indo parar no apartamento dele. Foi só o começo. Nós começamos a nos encontrar toda semana. Jeremy era solteiro e tinha um ótimo negócio. Tinha muito dinheiro, portanto, sempre me comprava joias e roupas. Eu não podia levá-las pra casa, não que Sam fosse notar. Sam estava sempre ocupado tentando fazer seu negócio de seguros decolar e, por isso, trabalhava até tarde quase toda noite. Ele raramente me ligava durante o dia.

"Depois que nosso caso já durava mais de um ano, Jeremy pediu que eu deixasse Sam e me casasse com ele. Sam e eu tínhamos ficado mais distantes, então, honestamente, a proposta de Jeremy pareceu ótima. Exceto por um detalhe. Ele disse que não queria ficar preso a uma criança. Eu compreendia isso, me sentia da mesma forma. Eu tinha me casado e engravidado tão jovem que nunca havia tido a chance de ver o mundo.

"Sei que parece horrível. — Ela me olhou nos olhos. — *É* horrível. Eu pensei em fazer isso. Mas não conseguia. McKale só tinha sete anos. Eu não podia simplesmente deixá-la.

"Jeremy disse que entendia. Ele disse que isso era o que realmente amava em mim, o fato de que eu tinha um bom coração — mas ele me amava tanto que se nosso relacionamento não fosse dar em nada, seria melhor pararmos de nos ver.

"Ele parou de me ligar. Ainda ia à loja, mas não falava comigo. Era agonizante. Eu era tão apaixonada por ele. Queria estar com ele mais do que qualquer coisa.

"Em casa, as coisas pioraram com Sam. Ele nunca me chamou diretamente de uma mãe horrível, pelo menos nessa época, mas eu sabia que era isso que ele achava. Talvez porque eu achasse.

"Então, um dia, eu fui pegar a McKale na casa da babá, e McKale disse: Eu não quero ir pra casa com você. — A babá ficou muito constrangida. Ela disse: Você não está falando de verdade. E McKale disse: Estou, sim. Eu não gosto dela."

Os olhos de Pamela se encheram de lágrimas novamente.

— Eu sei que as crianças dizem coisas tolas, mas aquilo me quebrou. Sam me odiava. Agora, McKale não me queria. Chorei a noite toda. No dia seguinte, eu liguei para Jeremy, do trabalho, e implorei que ele me aceitasse de volta. Eu disse que faria o que ele quisesse se me aceitasse de volta.

"Ele veio me buscar. Eu não fui pra casa depois do trabalho. Simplesmente fui direto pra casa dele. Nem fui buscar a McKale.

"Claro que a babá ficou frenética. Ela ligou para o Sam para ver se eu tinha sofrido um acidente ou algo assim. — Pamela limpou os olhos. — *Ou algo assim*... Naquela noite, eu cheguei em casa depois das dez. McKale estava na cama. Sam estava esperando por mim. Ele gritou comigo por mais de uma hora. Disse que precisou cancelar uma reunião importante com um novo cliente para ir buscar a McKale. Ele me disse que eu era a mãe mais irresponsável do planeta — uma mãe *e uma esposa* horrível.

"Aquilo foi a gota d'água. Eu disse que estava indo embora. Ele disse: 'Você não pode nos deixar'.

"Eu disse 'Posso, sim'. Fui até nosso quarto, joguei minhas coisas numa mala e caminhei até meu carro. Então eu me dei conta de que nem olhei McKale. Queria vê-la desesperadamente. Mas o que eu diria? De qualquer jeito, Sam não deixaria. — Os olhos dela se encheram de lágrimas. — Eu nem disse adeus. — Ela limpou os olhos, depois assoou o nariz num guardanapo de papel. — Jeremy e eu nos casamos uma semana depois que o divórcio saiu. Nós viajamos. Eu dizia a mim mesma que estava feliz. Mas claro que o casamento não deu certo. Quando você tem um caso com alguém, o caso, em si, se torna a essência do relacionamento. O segredo do caso é o combustível da paixão e da empolgação. Mas quando passa a ser legítimo, é apenas a realidade, como todas as outras coisas. Menos de dois anos depois, Jeremy me traiu. Eu realmente não me surpreendi. É como dizem: *Se fizeram com você, farão para você.*"

Pamela suspirou profundamente.

— Jeremy não era um bom homem. Não é preciso ser um cientista espacial para saber disso, quer dizer, ele era um traidor e quis que eu abandonasse minha filha. O que mais você precisa saber? Acho que eu imaginei que ele fosse igual a mim.

— Você alguma vez pensou em voltar para McKale? — eu perguntei.

— O tempo todo. Durante semanas, eu ficava sem almoçar para poder ir de carro até a escola de McKale e ficar olhando, enquanto ela brincava no recreio. Eu queria voltar pra casa, mas a única maneira de voltar para Sam seria de joelhos. E ele me manteria assim pelo resto de minha vida. Talvez fosse isso que eu merecesse, mas não consegui fazer. E o que eu ensinaria à minha filha?

"Acabei me mudando para o Colorado para começar uma nova vida. Mas você não pode fugir de si mesma. Eu me casei novamente no Colorado. Só durou vinte e nove meses. James. Ele também me deixou. Ele me mandou um e-mail para dizer que eu seguisse em frente. — Ela riu, cinicamente. — Eu realmente sei escolher bem, não?"

Eu franzi o rosto.

— Depois disso, eu fiquei endurecida. Convenci a mim mesma de que amor de verdade não existe e de que todos os homens são porcos. Mas era mentira. O amor de verdade existe. Você e McKale o tinham. Só não existiu pra mim.

Pamela ficou quieta por um longo tempo. Finalmente, ela disse:

— Pelo menos, alguma coisa boa saiu do meu último casamento. — Ela enfiou a mão na bolsa e tirou o telefone celular. Apertou uma tecla e segurou o telefone pra que eu o visse. No visor, havia uma foto de uma jovem de uns dezesseis ou dezessete anos de idade. Ela era bonita, com olhos castanhos enormes, cabelos castanhos compridos e sardas. E se parecia muito com McKale naquela idade.

— Irmã de McKale? — eu perguntei.

Pamela assentiu.

— Seu nome é Hadley.

Eu peguei o telefone e fiquei olhando.

— Ela se parece muito com ela. — Devolvi o telefone. — Como foi? Quando ela nasceu?

— Foi como deveria ter sido. Como deveria ter sido com McKale.

— Hadley estava no enterro?

— Não. Ela nem sabe sobre McKale. Achei que seria muito confuso pra ela. Mas, depois do enterro, eu contei.

— Como ela reagiu?

— Ela não ficou surpresa como eu achei que ficaria. Disse que sabia que eu tivera outro bebê. Não sei como ela soube disso. Mas ela achou que eu tivesse dado para adoção ou abortado. Ela ficou muito chateada por eu não ter contado sobre McKale. Ela sempre quis ter uma irmã.

Naquele momento, havia uma porção de sentimentos diferentes se revolvendo em minha cabeça, mas raiva não era um deles. Meu ódio por ela tinha sumido. Eu só não tinha certeza do que a havia substituído. Pena? Compreensão? Talvez até compaixão. Depois de um momento, eu disse:

— O que você quer de mim?

Ela baixou os olhos para a mesa por um bom tempo. Quando finalmente os ergueu novamente, seus olhos estavam cheios de lágrimas.

— Redenção — ela disse, baixinho.

— Redenção? — eu franzi o rosto. — Não é comigo que você tem que se redimir. Quem precisa lhe perdoar já se foi.

— Eu só pensei... — Ela exalou o ar. — Quando vi você no enterro... quando o conheci, eu soube que você e McKale eram um. Eu achei, eu senti que se você pudesse encontrar um meio de me perdoar, então seria como se McKale me perdoasse. E eu talvez conseguisse ter paz. — Ela me olhou nos olhos. — E talvez você também conseguisse.

— O que a faz pensar que eu não tenho paz? — eu perguntei.

— Não se pode odiar e ter paz.

Eu pensei em suas palavras. Quando finalmente falei, eu sacudi a cabeça.

— Eu não sei, Pamela.

Ela olhou para baixo novamente, fechando os olhos para esconder a dor, embora as lágrimas saíssem pelo canto de seus olhos. Para mim, era doloroso aumentar tudo aquilo por que ela já tinha passado.

Depois de um instante, eu disse:

— Isso é simplesmente coisa demais pra assimilar. Foi um dia longo. Eu preciso dormir e pensar.

Ela concordou compreensiva.

— Podemos voltar ao hotel.

Eu olhei pra ela por um momento, depois empurrei minha cadeira pra trás e me levantei.

— Posso lhe pedir mais alguma coisa pra comer? Você pode levar para o seu quarto.

Ela sacudiu a cabeça ao se levantar.

— Não, estou bem — disse baixinho.

Caminhamos em silêncio de volta ao hotel. Levei Pamela até sua porta. Ela colocou a chave, mas, em vez de abrir, se virou pra mim.

— Independentemente do que você decidir, obrigada por me ouvir. Você não faz ideia do quanto isso ajuda. Principalmente, sabendo que minha garota encontrou alguém que realmente a amava. — Ela abriu a porta e entrou.

— Pamela.

Ele me olhou de novo.

— Eu lamento que você tenha passado por tudo isso.

Ela sorriu com tristeza.

— Obrigada. Boa noite, Alan.

— Boa noite — eu disse.

Ela fechou a porta, e eu voltei ao meu quarto. Estava emocionalmente exausto. Eu só queria ir pra cama, mas não lavava minhas roupas havia dias, e o hotel tinha uma pequena lavanderia. Juntei a roupa e a coloquei na lavadora, e depois voltei ao quarto. Assisti à televisão até a hora de passar a roupa para a secadora.

Então, voltei ao meu quarto e à televisão. Finalmente, às onze, retornei à lavanderia e juntei minhas coisas.

De volta ao quarto, joguei tudo em cima da cômoda, apaguei a luz e me deitei na cama. Somente então, olhando a escuridão, deixei que minha mente voltasse à Pamela e à conversa da noite.

— O que é que eu faço, McKale? — eu disse, em voz alta. — O que você quer que eu faça?

Adormeci com essas palavras nos lábios.

CAPÍTULO
Oito

Meu pai costumava dizer
"Pena é apenas a empatia de um pobre homem".

✦ Diário de Alan Christoffersen ✦

Não sou do tipo que atribui significância religiosa a fenômenos psicológicos ou naturais. Reviro os olhos de incredulidade quando alguém alega que um poder superior proveu-lhe uma vaga num estacionamento, na frente da loja local do Wal-Mart ou que uma batata lembra Jesus ou a Virgem Maria, como se alguém tivesse alguma ideia da aparência que eles têm.

E nunca dei muito crédito à natureza sobrenatural dos sonhos. Acho que minhas crenças seguem a linha principal da psicologia — de que os sonhos são apenas pensamentos reprimidos que escapam à noite, como adolescentes, depois que os pais adormecem. Dito isso, houve algo tão particularmente poderoso no sonho que eu tive naquela noite que eu não pude deixar de especular sobre a sua origem. Deixarei por sua conta a determinação da origem. Quanto a mim, ele mudou meu ânimo.

Sonhei que eu estava de volta à Rodovia 90, suado e com calor, a mochila pesando nos ombros, as pernas cansadas da viagem do dia. Eu estava caminhando pela mesma estrada onde Pamela havia caído. Eu podia vê-la diante de mim, no chão, e a mim mesmo, agachado acima dela, ajudando-a. Pelo menos, foi isso o que eu achei que estivesse fazendo. Conforme me aproximei, pude ouvi-la gritando de agonia. Foi quando vi que eu estava segurando um martelo. Eu estava pregando Pamela numa cruz.

Eu gritava comigo mesmo para que eu parasse, mas nenhuma das figuras do meu sonho podia me ouvir. Corri para o meu lado e tentei, em vão, deter meu braço.

— Deixe-a em paz! — eu gritava. — Ela já sofre o suficiente!

Nesse momento, surgiu outra voz, ainda mais sofrida que a minha.

— Pare! Por favor, pare.

Nós três olhamos para cima. McKale estava na estrada diante de nós. Ela estava descalça, e as lágrimas escorriam por seu rosto.

— Pare — disse ela, baixinho. — Pare de ferir minha mãe.

Eu olhei para baixo, e Pamela olhou em meus olhos.

— Por favor — disse ela. — Perdão.

Eu acordei com os lençóis encharcados de suor. Olhei o relógio digital do hotel. Eram quase quatro da manhã. Levei uma hora para pegar no sono.

Quando acordei, tomei um banho bem demorado. Sentei no chão da banheira e deixei a água morna escorrer à minha volta, relaxando minha mente. Fiz a barba na banheira, depois saí e arrumei minhas coisas. Pouco depois das sete, bati na porta de Pamela. Ela levou alguns minutos para abrir.

— Desculpe — disse ela. — Eu ainda estava me aprontando.

De alguma forma, ela me parecia diferente. Quer a mudança fosse real ou só na minha cabeça, havia uma diferença. Quando eu era adolescente, meu pai me disse que quando odiamos alguém, nós o tornamos mais poderoso do que é. Com base nisso, Pamela era um gigante em minha vida. Agora, não. Não mais. A cortina tinha sido aberta, e ela parecia pequena e vulnerável.

— Gostaria de tomar café? — perguntei.

— Adoraria.

O restaurante da Wall Drug servia panquecas, ovos fritos, linguiça e bolinhos de batata no café da manhã. Esperei pela comida e a levei até a mesa quando ficou pronta.

— Aqui está — eu disse, pousando a bandeja. — O café está servido.

— Tem comida demais, mas obrigada — disse ela. — Dormiu bem?

Sentei de frente pra ela.

— Já dormi melhor. E você?

— Eu dormi muito melhor do que tinha dormido ontem.

— Aposto que sim — eu disse. — Levando-se em conta que você dormiu no chão, sem coberta.

— Aquela não foi uma noite boa.

Eu despejei calda em minhas panquecas.

— Você ainda mora no Colorado?

Ela assentiu.

— Colorado Springs.

— A que distância fica de Custer?

— Aproximadamente sete horas.

Cortei a panqueca com o garfo e comi.

— Então, o que eu quero saber é: como você me achou?

— Precisei fazer um trabalho de detetive. Eu achei sua trilha em Cody, Wyoming. O recepcionista do Hotel Marriott foi muito prestativo.

— Como você soube que eu estava caminhando ou pra onde?

— Ah — disse ela. — Eu prometi não contar.

— Você não vai me dizer?

— Eu fiz uma promessa — disse ela. — Você quer que eu quebre uma promessa?

— Foi o meu pai?

Ela só ficou me olhando.

— Tudo bem — eu disse. — Mantenha sua promessa. — Dei outra garfada.

Pamela voltou a comer, mexendo lentamente na comida.

Depois de um momento, eu disse:

— Pensei muito na nossa conversa de ontem à noite.

Ela ergueu os olhos pra mim.

— O negócio é que eu sempre a detestei. Acho que eu apenas achava que era minha obrigação moral odiá-la, um meio de ser leal a McKale. Você sabe, inimigo do meu amigo é meu inimigo também.

— Eu entendo — disse Pamela.

— Mas a verdade, ao menos saber a verdade, pode mudar as coisas num instante. — Eu olhei nos olhos de Pamela. — E a verdade é que eu não sei o que teria feito em sua situação. Mas não acredito que McKale teria sido a pessoa que foi sem aquelas experiências. — Meus olhos lacrimejaram. — E eu realmente amava quem ela era. Alguns dos nossos momentos de ligação mais fortes foram quando ela estava mais vulnerável e triste porque você a deixara.

"Lá em Hill City — continuei —, você perguntou se McKale teria sido minha do jeito que foi se você não tivesse sido como foi. A resposta é 'não'. E eu lhe devo por isso."

Os olhos de Pamela se encheram de lágrimas.

— Você já sofreu o suficiente. Mais do que merecia. — Eu olhei nos olhos dela. — Eu lhe perdoo.

Em princípio, ela só ficou me olhando, incrédula. Depois, começou a tremer. As lágrimas rolavam por seu rosto. Ela colocou as mãos no rosto e chorou. Eu levantei e fui até o lado dela, passei o braço ao seu redor.

— É hora de seguir adiante. Para nós dois.

Quando conseguiu falar, ela perguntou:

— Você acha que minha menina algum dia irá me perdoar?

— Acho que ela já perdoou.

— Você não faz ideia do que isso significa pra mim. Dá pra ver por que minha filha o amava. Você é um bom homem.

Eu peguei a mão dela. Ela colocou a outra mão sobre a minha.

— Do fundo do meu coração — disse ela. — Obrigada.

— De nada — eu respondi. — O prazer é meu. — Realmente era. Meu coração estava cheio de alegria.

Depois de um instante, ela pegou um guardanapo na mesa e secou os olhos.

— E agora? — eu perguntei.

— Eu preciso voltar a Custer e pegar meu carro. Eu o deixei no estacionamento do hotel. Tomara que não tenham rebocado.

— Como vai chegar lá? — perguntei.

— A moça que toma conta daqui do hotel vai de carro até Rapid City essa tarde. Ela disse que me leva. Tenho certeza de que consigo arranjar uma carona de lá para Custer.

— E depois?

— Termino de criar minha filha.

Eu sorri.

— Parece um bom plano.

— E quanto a você? — perguntou Pamela. — Vai continuar andando?

— Vou continuar andando.

Ela riu, e foi prazeroso ouvir.

— Você é maluco, sabia?

Meu sorriso aumentou.

— Isso é exatamente o que a sua filha teria dito.

Passamos a hora seguinte numa conversa agradável, encontrando semelhanças entre Hadley e McKale. Quando terminamos de comer, eu perguntei:

— A que horas você parte para Rapid City?

— A moça vai sair depois de seu turno, por volta das cinco. Ela disse que eu poderia ficar no quarto até lá. E você?

— Tenho trinta e dois quilômetros para percorrer hoje. Vou comprar umas coisas no mercado e sair.

— Então não vou segurá-lo por mais tempo — disse ela. — Por favor, passe para falar comigo antes de ir.

— Farei isso — respondi.

Pamela se inclinou para a frente e passou os braços ao meu redor. Depois, se virou e saiu do restaurante. Fiquei olhando enquanto ela ia e depois fui até o mercado ao lado, uma loja eclética, onde eu me abasteci de coisas básicas e algumas não tão básicas, como um saco de donuts, que eu sabia que jamais sobreviveriam à minha jornada, e dois sacos de doce *hore-hound*, uma guloseima difícil de se achar, que passei a apreciar quando era criança, em Knott's Berry Farm, na Califórnia. Num momento de fraqueza, comprei um adesivo com a frase ONDE FICA WALL DRUG?

Voltei ao meu quarto e terminei de arrumar minhas coisas, grudando o adesivo na traseira da mochila. Olhei o quarto duas vezes pra ter certeza de que não esquecera nada. Eu tinha a sensação de ter deixado algo ali. Acho que tinha. Bati na porta de Pamela. Ela abriu rapidamente.

— Pronto para pegar a estrada? — perguntou.

— De volta à estrada — eu disse.

— Pelo menos, você tem calçados pra isso.

Eu sorri. Depois, me inclinei à frente e abracei-a.

— Tchau, Pamela. Boa sorte.

— Boa sorte pra você também — disse ela. Ela me deu um pedaço de papel. — Esse é meu telefone e endereço. Se algum dia você estiver no Colorado, por favor, venha nos ver.

Coloquei o papel no bolso.

— Farei isso. Eu gostaria muito de conhecer a Hadley um dia.

— Tenho certeza de que ela gostaria de conhecer você. Talvez você possa dar uma passada lá quando voltar de Key West.

— Eu gostaria disso — respondi. — Vamos ver. — Passei a mão nos cabelos e suspirei. — É melhor eu ir.

Pamela se inclinou à frente e me abraçou mais uma vez.

— Tchau — disse ela. — Cuide-se.

Coloquei a mochila nos ombros e meu chapéu Akubra e, com um sorriso furtivo, me virei e comecei a caminhar. Quando cheguei ao final do estacionamento, Pamela me chamou.

— Alan.

Eu me virei de volta.

— Deus te abençoe.

Eu sorri.

— Cuide-se, Pamela. — Caminhei em direção à interestadual. Senti que realmente me faria falta tê-la me seguindo.

CAPÍTULO

Nove

Conforme seguimos por nossas jornadas individuais, colhemos ressentimentos e mágoas que grudam em nossas almas como carrapichos nas meias de um caminhante. Esses passageiros clandestinos podem inicialmente parecer insignificantes, mas, com o passar do tempo, se não pararmos de vez em quando para sacudi-los, o acúmulo se torna um fardo para nossas almas.

Diário de Alan Christoffersen

Antes de deixar Wall, conversei com a caixa, na loja de presentes da Wall Drug, sobre a estrada ao leste, e ela me convenceu a passar por Badland Loop, acrescentando uns quinze quilômetros ou mais à minha jornada.

Minha mochila estava pesada outra vez, pois eu tinha certeza de que eu levaria algum tempo até encontrar um lugar decente para fazer compras. Por isso, me abasteci na Wall Drug com tudo de que precisava.

Alguns minutos depois de ter deixado Pamela, eu estava de volta à 90. O ar matinal estava fresco, e a caminhada era fácil — embora eu soubesse que, em parte, o motivo era eu estar me sentindo bem. Apesar do peso da minha mochila, eu me sentia mais leve. Perdoar Pamela tinha curado um ferimento que eu nunca reconhecera que existia.

Cerca de três quilômetros depois de Wall, deixei a 90 pela Rodovia 240, em Badlands Loop. Levei metade do dia, dezesseis quilômetros de caminhada, para chegar ao Parque Nacional.

A estrada passava por uma estação de pedágio. Havia uma taxa de entrada de sete dólares para visitantes "não motorizados", e o guarda-florestal da guarita me lembrou que eu só podia acampar em áreas designadas. Apenas oitocentos metros depois da entrada, parei para ver as incríveis formações.

A tribo nativa Lakota chamava a região de Makhósica, o que significa "terra árida". Os primeiros franceses caçadores foram um pouquinho mais descritivos, batizando a área de *les mauvaises terres à traverser* — terras difíceis de atravessar.

The Badlands ("Terras Ruins") é um nome bem-merecido. A área é um misto de colinas e fissuras, barro escorregadio e areia funda, características que dificultaram a vida dos primeiros viajantes.

Estradas modernas talham uma rota pitoresca facilmente acessível através do parque, mas, ao cair da noite, eu ainda estava bem distante do local de acampamento. Apesar do alerta do guarda florestal, eu não tive escolha a não ser encontrar um local para acampar que não fosse designado pra isso. Perto de um local chamado Ponto Panorâmico, deslizei por um pequeno barranco, onde não podia ser visto da estrada.

Comi uma lata fria de feijão cozido Bush's, uma maça e o restinho dos meus donuts da Wall Drug, que estavam esmigalhados e viraram farelo.

Na manhã seguinte, comecei cedo. Por volta de oito horas, cheguei a Fóssil Trail, onde parei para examinar alguns dos achados pré-históricos, incluindo cascos de tartarugas e ossos de tigres-dentes-de-sabre. Eu parei no Cedar Pass Lodge para almoçar e beber água, mas passei direto pelo Centro de Visitantes, porque receava não conseguir sair do parque antes de escurecer.

Perto do fim do contorno, deparei com uma loja de produtos locais com uma imensa marmota entalhada na madeira bem na frente. Comprei algumas coisas para o jantar, depois sentei na calçada ao lado do roedor gigante e comi um cachorro-quente de búfalo e um burrito de feijão e queijo que eu havia aquecido no micro-ondas da loja.

Então segui em direção à 90 à procura de um lugar para passar a noite. Na estrada paralela, antes da via expressa, havia uma edificação abandonada com a placa ainda intacta:

THE CACTUS FLAT CAFÉ

As janelas estavam todas quebradas, e a porta da frente estava aberta, inclinada e pendurada pelas dobradiças enferrujadas. Olhei lá pra dentro. O lugar estava cheio de lixo. Esvaziei uma área para dormir nos fundos e passei uma noite sem ocorrências, em meio ao lixo e a roedores.

Na manhã seguinte, voltei um quilômetro até a loja local para tomar café — um pãozinho de linguiça, pão doce e uma banana — e depois voltei à estrada paralela.

O ponto alto do dia foi encontrar uma placa que informava que os filmes *Thunderhead* — de 1945, estrelado por Roddy McDowall — e *Starship Troopers* — de 1997, sem astros — foram filmados na área. As placas da Wall Drug agora estavam de frente para o lado oposto da estrada. Elas iam ficando mais esparsas conforme eu me afastava de Wall.

Como o sucesso é imitado, com a diminuição das placas da Wall Drug, outros negócios também puseram as suas, apesar de que a maioria fosse mal concebida. Há uma regra para propaganda externa: um bom outdoor nunca deve conter mais de sete palavras, e cinco ou seis são preferíveis. Eu vi um outdoor com setenta e três palavras. (Fiquei tão impressionado que parei pra contar.) Eu só sacudi a cabeça. Quem iria ler isso a 120 quilômetros por hora?

Terminei aquele dia com quase trinta quilômetros na cidadezinha de Kadoka: população de 736 pessoas. Fiquei no America's Best Value Inn e, segundo a recomendação do recepcionista do hotel, jantei no Club 27. Comi um filé mignon com batata assada. Nem de longe estava tão bom como o filé mignon que eu tinha comido em Hill City, mas eu não estava reclamando.

Depois dos dois últimos dias de solidão, eu estava com vontade de conversar com alguém. Na verdade, qualquer pessoa.

Infelizmente, minha garçonete não estava, então eu só fiquei ouvindo a conversa dos outros clientes que jantavam.

Na manhã seguinte, comi uma omelete de queijo e presunto no Nibble Nook Café e depois parti. A via paralela terminou em Kadoka, então eu voltei a caminhar ao longo da 90 por mais oito quilômetros, mais ou menos, até surgir outra estrada de apoio.

Pouco depois do meio-dia, uma picape velha e abarrotada passou voando tão perto de mim que o vento do veículo quase me derrubou. A caminhonete sumiu na ligeira inclinação. Cerca de vinte minutos depois, eu alcancei a caminhonete. Estava encostada na lateral da estrada, com o pisca-alerta ligado, e a estrada em volta estava salpicada de uma variedade de itens. Imaginei que a carga devia estar presa pelo colchão tamanho Queen que tinha saído voando.

O motorista estava resmungando e xingando, enquanto recolhia suas coisas, espalhadas por um raio de cinquenta metros no acostamento, acima e abaixo, como uma grande e caótica liquidação de quintal.

O homem era bem mais baixo que eu, mas muito mais forte, provavelmente com uns 25 quilos a mais. Ele tinha uma barba cerrada e estava com uma camiseta de jérsei do time do Chicago Bears. Ele me lembrou aquele tipo de cara que se vê num jogo de futebol sem camisa, com o rosto pintado, com uma peruca afro de arco-íris. Ele me deu uma olhada depois de jogar um travesseiro na caminhonete.

— Precisa de uma mão? — perguntei.

Ele fez uma careta.

— Claro, por que não?

Eu tirei a mochila do ombro e comecei a catar as coisas dele, a maioria de pouco valor, incluindo uma dúzia de camisetas desbotadas, alguns vídeos pornô e uns pratos de plástico, agora, quase todos quebrados. O homem só gemia e xingava.

— Parece que você está se mudando — eu disse.

— É isso aí — respondeu ele. — Finalmente fiquei esperto e dispensei a velha ranzinza. — Ele se virou e jogou um escorredor de prato na caçamba da caminhonete. — Sabe como se soletra alívio? D-I-V-Ó-R-C-I-O. Sabe o que quero dizer?

— Não — eu disse.

— Ele se abaixou. — Então, você não é casado, é?

— Não — eu respondi.

— Então é mais esperto que eu. A vida é curta. Você tem que agarrá-la. Sabe o que quero dizer? Se você não cuidar de si mesmo, quem irá cuidar?

— Me diga você — respondi.

— Ninguém. Ninguém cuida de você exceto você mesmo. Você tem que cuidar de si próprio.

Eu não me dei ao trabalho de frisar que isso era literalmente impossível.

— Para onde está indo? — perguntei.

— Estou voltando pra onde a vida era boa. Sabe o que quero dizer, a época do Segundo Grau? Garotas e cerveja — nós sabíamos viver naquela época. A vida era uma grande festa. É pra lá que eu estou indo.

— Além do arco-íris... — eu disse, pegando umas fitas cassetes com capas repugnantes.

— O quê?

— Nada. Você acha que o que está procurando ainda vai estar lá?

Ele parou e ficou me olhando, como se estivesse irritado pela minha burrice.

— E por que não estaria?

Eu não respondi. Nós terminamos de juntar o resto das coisas dele, depois eu o ajudei a erguer o colchão em cima da pilha, cruzamos uma corda de nylon por cima dele e a prendemos na caçamba. Quando foi dado o último nó, eu peguei minha mochila.

— Bem, boa sorte.

— Obrigado pela ajuda — disse ele. — Posso lhe dar uma carona?

— Não, obrigado, eu estou caminhando.

— Você que sabe. — Ele bateu a porta, ligou o motor, que morreu algumas vezes, depois saiu arrancando, jogando cascalho em mim.

Eu sacudi a cabeça. Acho que de todas as pessoas que eu tinha conhecido até então em minha jornada, ele era o mais desprezível.

Algumas horas depois, cheguei a uma edificação com uma placa que dizia:

Jardins Petrificados
"Local Aprovado Pela Família"
Traga sua câmera!

Eu não tinha família nem câmera, mas estava curioso sobre esse lugar, no meio do nada, então entrei. Uma campainha tocou quando eu entrei, e um homem esquelético de meia-idade, ligeiramente parecido com Christopher Walken, me encontrou na porta.

— Gostaria de comprar um ingresso?

— Claro — eu disse.

— Quantos?

— Sou só eu.

— Um ingresso — disse ele. — São sete dólares.

Eu paguei, e ele me deu um ingresso. Então (eu não estou inventando) ele disse:

— Só um segundo. — Caminhou três metros de volta até a entrada do museu e estendeu a mão. — Ingresso, por favor.

Devolvi o ingresso.

— Por aqui — disse ele, gesticulando para que eu seguisse em frente.

Caminhei até uma sala comprida e escura, com vitrines de rochas por trás de vidro e arame farpado. A sala estava iluminada por uma luz ultravioleta, que dava uma fluorescência às pedras. Fiquei ali por alguns minutos e depois saí da sala por uma porta que levava ao pátio dos fundos.

O pátio estava cheio de madeira petrificada, fósseis, quartzos e ossos de dinossauros. Havia uma pilha de madeira petrificada e uma antiga cabana com uma placa que dizia "Onze pessoas sobreviveram ao inverno de 1949 nessa cabine". Em princípio, eu imaginei os pioneiros reunidos, embrulhados em peles de búfalos, presos na nevasca. Depois, me dei conta de que a placa dizia "1949", mesmo ano em que a Rússia fez a bomba atômica. Esse lugar era realmente remoto.

Para ir embora, tive que voltar para dentro do prédio, onde havia uma vitrine de fósseis, uma coleção de cristais e grutas e lascas de pedra que foram usadas, ou descartadas, na elaboração do Monte Rushmore. A saída levava a uma loja de presentes, com grande parte da mercadoria que eu tinha visto no museu e uma porção de pedras polidas em diversos acessórios: abotoaduras, grampos de gravatas, chaveiros e brincos. Eu perguntei ao homem, que agora estava no papel de vendedor da loja de presentes, como andavam os negócios.

— Este lugar está na família há cinquenta e sete anos — disse ele.

Ele não chegou a responder à minha pergunta, mas eu desconfiei que isso era tudo o que ele tinha a dizer. Usei o banheiro, me despedi e segui de volta para a estrada.

Naquela tarde, dez quilômetros depois da cidade de Belvidere, eu encontrei um outdoor que dizia "Cidade de 1880. Cenários de *Dança com Lobos* no quilômetro seguinte".

Sorri ao ler a placa. Pensei na noite em que assisti ao filme com Nicole. Também foi a primeira noite em que a ouvi chorar. Fiquei imaginando como ela estaria.

Menos de um quilômetro depois, cruzei para o norte, por baixo da rodovia, até a Cidade de 1880. Havia uma placa grande de madeira pintada que dizia:

CIDADE DE 1880

TERRITÓRIO DE DAKOTA

ALTITUDE: 728m

POPULAÇÃO: 170 FANTASMAS

9 GATOS

3 CACHORROS

3905 ~~820 36 6 2~~ COELHOS

A entrada da cidade era por um celeiro de quatorze lados (anunciado como o único do mundo). A cerca da frente era ladeada por dois vagões de trem, uma locomotiva autêntica, e um carro restaurante de aço inoxidável, que tinha sido apropriadamente convertido em restaurante.

Entrei no celeiro, onde paguei doze dólares para uma mulher ranzinza de cabelos azuis.

O local estava repleto de antiguidades do Velho Oeste e memorabilia de *Dança com Lobos*, incluindo a casa de barro e a barraca usada no cenário do filme, os vagões de Timmons Freight e muitas fotos de Kevin Costner e Mary McDonnell, a mulher que interpretou Stands With a Fist, interesse amoroso de Costner. Eu tirei meu telefone da mochila e liguei para Nicole. Ela atendeu no segundo toque.

— Alô?

— Nicole, é o Alan.

A voz dela ficou animada.

— Alan! Você está bem?

— Estou ótimo.

— É tão bom ouvir a sua voz. Onde, nesse mundo, está você?

— Dakota do Sul.

— Dakota do Sul? Você passou pela Wall Drug?

— Você conhece a Wall Drug?

— Todo mundo conhece a Wall Drug.

— Sim, eu parei lá.

— Como foi?

— É uma drogaria bem grande.

— Eu preciso ir até lá algum dia — disse ela.

— Então, o motivo de eu ter ligado. Você se lembra daquela cena, em *Dança com Lobos*, em que Costner caça o búfalo?

Houve uma longa pausa

— Ãrrã, acho que sim.

— Estou em pé do lado daquele mesmo búfalo.

— Ele ainda está vivo?

— Não, nunca esteve. É um búfalo *animatrônico*.

— Um o quê?

— Um búfalo robô — eu disse.

— Ela riu. — Tem certeza de que você está bem?

— Estou ótimo. Mesmo. Como vão as coisas? Como vai Kailamai?

— Ela é exatamente como você disse que seria. É uma jovem extraordinária. Já está matriculada na faculdade.

— Como está indo com o meu pai?

— Ele tem sido meu salvador. Estamos colocando as coisas em ordem. Estou obtendo títulos de investimentos e uma porção de coisas que não conheço. Mas quem se importa com a minha vida chata? Conte-me sobre sua aventura.

— Não tenho muito pra contar. Ainda estou de pé.

— Penso em você todo dia, sabe.

Fiquei quieto por um momento.

— Nós tivemos momentos divertidos, não foi?

— É, tivemos. Se você algum dia se cansar de andar, sempre haverá lugar pra você aqui.

— Só pra constar, eu já estava cansado de andar antes de nos conhecermos. Mas obrigado pelo contive. Vou manter isso em mente.

— Tenho pensado muito no tempo que passamos juntos. Eu... — Ela parou. — Sinto sua falta.

— Também sinto a sua.

— Prometa-me que eu o verei outra vez.

— Eu prometo.

— Está bem — disse ela. — Isso basta, por enquanto.

— Posso falar com Kailamai?

— Ela saiu com alguns amigos. Vai ficar decepcionada por ter perdido sua ligação. Ela tem uma porção de piadas novas que está guardando pra você.

"Aqui vai uma que ela me contou, hoje de manhã — continuou Nicole. — Um taco de golfe entra em um bar local e pede uma cerveja, mas o garçom se recusa a servi-lo. 'Por que não?', pergunta o taco de golfe. 'Porque mais tarde você vai dirigir', responde o bartender."

— Essa é realmente horrível — eu disse.

— Eu sei — Nicole riu. — Mas é tão engraçado quando ela conta.

— Pelo visto, vocês duas estão se dando bem.

— Estamos — disse ela.

— Fico contente em ouvir isso.

— Bom. Porque você é responsável por isso.

— Que bom saber que eu fiz algo certo. — Suspirei. — Bem, é melhor eu ir.

— Está bem — disse ela, parecendo desapontada. — Volte a ligar logo.

— Farei isso. Cuide-se.

— Até.

Foi bom ouvir a voz dela. Ainda assim, nossa conversa me lembrou o quanto eu estava solitário. Guardei meu telefone de volta na mochila e saí pela porta dos fundos do celeiro, entrando no parque.

A Cidade de 1880 era uma recriação ambiciosa do Velho Oeste, cobrindo mais de vinte hectares. Havia um posto dos correios, um consultório de dentista, um banco, uma farmácia, uma prisão, uma escola de apenas um cômodo, um estábulo cheio de vagões autênticos e pelo menos doze outras edificações, sendo o conjunto ainda mais ambicioso que Nevada City, de Montana. O mais peculiar era um camelo vivo chamado Otis, que adora pretzel e ficava num curral atrás da igreja da cidade.

Eu não pretendia caminhar mais naquela noite, então dei um tempo ali pela cidade, por uma hora, o suficiente para perambular por quase todos os prédios. Quando eu já tinha visto tudo que queria, caminhei de volta ao vagão restaurante para comer alguma coisa.

Não havia muitos outros clientes — apenas duas famílias. Eu me sentei no lado oposto do vagão, colocando a mochila à minha frente, no banco de vinil vermelho. Dei uma olhada no cardápio, depois me recostei e esperei até que a garçonete viesse, alguns minutos depois.

Ela era jovem, de cabelos ruivos e usava um crachá em que estava escrito MOLLY.

— Oi — disse ela. — Desculpe pela espera. Posso lhe trazer algo para beber?

— Eu gostaria de um pouco de água. Bastante, uma moringa.

— Uma o quê?

— Um jarro — eu disse. — Um jarro inteiro.

— Está bem. Sabe o que gostaria de comer?

— Como está seu bolo de carne?

— Está bom. Eu comi no almoço.

— Quero o bolo de carne e salada do chef, com molho Thousand Island.

Ela escreveu meu pedido. — Pode deixar. Já volto com sua água e seu pão. — Ela caminhou de volta para a cozinha.

Do lado de fora da minha janela havia um posto de gasolina Shell. Na ponta mais próxima do posto, havia uma família sentada no gramado, ao lado de sua minivan. O pai estava olhando o mapa aberto no teto do carro, enquanto a mãe montava sanduíches para as crianças. Vê-los trouxe de volta as lembranças das viagens em família que fizemos antes da morte da minha mãe.

Meu pai, como eu, era um bobão para as armadilhas turísticas e provavelmente teria parado nos mesmos lugares que eu parei: os Jardins Petrificados, a Wall Drug, a Cidade de 1880, todos eles. Por mais diferente dele que sempre pensara ser, eu estava descobrindo que ainda havia muito dele em mim.

Molly voltou um instante depois com um jarro de água e um copo alto, cheio de gelo, e um cestinho plástico com um pãozinho e dois quadradinhos de manteiga embrulhados em papel-alumínio.

— Aqui está — disse ela, alegremente. — Sua refeição já vem.

Olhei novamente pela janela, para a família. O homem ainda estava debruçado sobre o mapa. A mulher agora estava ao lado dele, com a mão pousada em suas costas.

Algo nesse pequeno episódio tanto me fascinava quanto me deixava em conflito. A cena era tão simples e real, talvez esperançosa, mas fazia com que eu me sentisse incompleto. Por que aquilo me deixava tão desconfortável? Enquanto pensava nisso, percebi que eu só estava presenciando o que me havia sido tirado, não apenas uma vez, mas duas. Primeiro, quando minha mãe morreu. Segundo, quando McKale morreu. Eu estava sentindo falta do passado e do futuro, simultaneamente.

Será que algum dia eu teria o que essa família tinha? Será que algum dia eu me casaria novamente? Teria filhos? Eu honestamente não conseguia imaginar isso. Ainda...

Meus pensamentos foram interrompidos por Molly, que voltava com o meu jantar. Perguntei se ela sabia de algum lugar próximo onde eu pudesse ficar.

— Tem um camping a quinhentos metros, seguindo a estrada — disse ela, apontando pra fora da janela. — Muitos dos meus clientes ficam lá. Eles têm cabanas pra alugar.

— As cabanas são boas?

— Não sei, mas nunca ouvi ninguém reclamar.

— Eles reclamariam se não gostassem?

Ela revirou os olhos.

— Algumas pessoas reclamam se o gelo do refrigerante está frio demais.

Eu sorri.

— Você está certa.

Terminei de comer, pedi um pedaço de torta pra viagem e segui em direção ao camping. O local tinha bastantes vagas, e o homem que cuidava da área lembrou que não havia roupa de cama nas unidades alugadas.

— Tem colchão, mas não tem lençóis — disse ele. — Tem pia e vaso sanitário, mas, se você quiser tomar banho, tem que ir até aquele prédio ali.

— Perfeito — eu disse. Perfeito, talvez não, mas, por 45 dólares por noite, com ar-condicionado, balanço na varanda e televisão, eu poderia ter ficado bem pior. Abri meu saco de dormir em cima da cama, liguei a televisão no programa do David Letterman, depois me deitei e logo adormeci.

CAPÍTULO

Dez

*Meus cabelos estão ficando compridos.
Preciso achar um barbeiro antes que
alguém me confunda com um astro do rock.*

✧ Diário de Alan Christoffersen ✧

No dia seguinte, eu não fiz nada além de caminhar. Parecia que o mesmo cenário ficava se repetindo, como o pano de fundo de um desenho dos *Flinstones*. Só passei por uma casa o dia todo, até a noite, quando cheguei à cidade de Murdo. Comi na Prairie Pizza e passei a noite no American Inn.

Na manhã seguinte, acordei com dor de cabeça, mas ela passou depressa. Arrumei as coisas e tomei café com linguiça e pãezinhos com molho ferrugem no restaurante do World Famous Pioneer Auto Show.

Enquanto comia, notei que o horário no relógio do restaurante estava com uma hora de diferença do meu. Perguntei à garçonete, e ela me informou que ele muda na cidade do horário montanhoso para o horário central. Eu tinha oficialmente passado pela segunda região de horário diferente desde que deixara Seattle. Ajustei meu relógio e caminhei de volta à 90.

Notei algo peculiar. Passei por muitos bichos mortos na estrada naquele dia. Não sei por que havia mais animais mortos ali do que em qualquer outro trecho que eu percorrera, mas havia. Vi coelhos, veados, texugos, gambás, guaxinins e alguns mamíferos irreconhecíveis. McKale costumava ficar apavorada quando via um animal morto na estrada. Ela remediava isso com a negação total, afirmando que os animais mortos não estavam realmente mortos, eles só estavam muito cansados.

Claro que eu caçoava dela por isso.

— Olhe — eu dizia. — Aquele guaxinim está dormindo.

105

Ela assentia:

— Aquele guaxinim está cansado mesmo.

Eu dizia:

— Ele está dormindo tão profundamente que sua cabeça caiu.

Ocasionalmente, eu passava por um gato ou um cachorro, o que sempre me deixava muito triste, já que eu imaginava que, em algum lugar, alguém provavelmente estava procurando pelo animal. Pensei na história de *O Pequeno Príncipe*. A única diferença entre gatos e cães e o restante dos animais mortos é que os bichos selvagens não tinham sido domesticados. Imagino que, se eu morresse ali, não seria diferente. Ninguém me conhecia. Os estranhos achariam trágico ou horrível; talvez até gritassem ou ligassem para a emergência, mas não iriam chorar. Não tinham motivo pra isso.

Algumas pessoas sentiriam a minha falta, mas eu poderia contá-las nos dedos de uma mão só: meu pai, Nicole, Kailamai e Falene, minha assistente que ficou ao meu lado quando minha empresa fracassou. Tão poucos. Isso era uma vida fracassada?

Naquele dia, eu caminhei 37 quilômetros e contei 36 animais mortos. Passei a noite acampado na lateral da estrada, perto de um lago.

✦

No dia seguinte, foi mais ou menos a mesma coisa. Caminhei 32 quilômetros monótonos, parando na cidade de Kennebec. Jantei no Hot Rod's Steakhouse e tentei ficar num lugar chamado Gerry's Motel, mas não consegui encontrar ninguém pra me atender. Havia um imenso pote de sorvete no balcão da recepção do hotel, com um bilhete escrito à mão, em letra feminina, colado com fita adesiva:

Gorjetas para Barb
Ela realmente merece
Ela acorda cedo

Esperei no lobby por quase dez minutos, mas a Barb que acorda cedo não apareceu, nem ninguém mais, então fui embora e fiquei num hotel na próxima quadra.

A caminhada do dia seguinte foi igualmente tediosa. Não, foi mais, o que fica evidente pelo fato de que a sensação do dia foi quando o acostamento da estrada passou de terra marrom para cascalho vermelho. No fim do dia, peguei a saída 260 para Oacoma, uma cidade de verdade, com uma revendedora automotiva e, mais importante, o Al's Oasis.

O Al's Oasis era um tipo de Wall Drug, um centro comercial com uma fachada de Velho Oeste e um mercado, restaurante e hotel. Jantei rosbife no Restaurante do Al e fiquei no hotel, por 79 dólares. Meu quarto tinha vista para o Rio Missouri.

Na manhã seguinte, eu atravessei o rio, passando pelo Hall da Fama de Dakota do Sul, sobre o qual tinha lido num panfleto turístico em meu quarto do hotel. Os homenageados pelo hall incluíam personalidades do jornalismo de TV, como Mary Hart e Tom Brokaw, Bob Barker (*The Price Is Right*), Al Neuharth (fundador do *USA Today*), e Crazy Horse, embora não nessa ordem.

Caminhei 38 quilômetros e passei a noite na cidade de Kimball, onde comi um cesto de pipoca sabor camarão, no Frosty King, e fiquei no Dakota Winds Motel, por 54 dólares.

Na manhã seguinte, no caminho de volta à rodovia, passei por uma placa de um museu de tratores. Fiquei tentado a visitá-lo, mas resisti à atração magnética e fui pra estrada.

Naquela noite, eu dormi atrás de um punhado de pinheiros próximos à lateral da estrada, que pareciam um lote de árvores de Natal, na beirada de um campo de milho. Eu poderia ter me forçado a ir até a próxima cidade, mas simplesmente não estava com vontade. Quem dera tivesse ido.

CAPÍTULO

Onze

Heróis e anjos geralmente chegam disfarçados.

Diário de Alan Christoffersen

Quando acordei, na manhã seguinte, tudo girava. Eu me sentia como se tivesse acabado de sair de uma das canecas girantes da Disneylândia. Fiquei deitado em meu saco de dormir, segurando a cabeça por quase vinte minutos, torcendo para que passasse a tontura e a náusea. Quando a vertigem diminuiu um pouquinho, eu fechei o saco de dormir e comecei a caminhar, pulando o café da manhã, por necessidade.

Andei cinco quilômetros, até a cidade de Plankinton. A essa altura, eu estava quase me sentindo normal outra vez, então parei para tomar café numa loja de conveniência chamada Coffee Cup Fuel Stop. Um quilômetro depois, passei por uma placa anunciando o Corn Palace (Palácio do Milho).

Essa é pra você...
Visite o Corn Palace. Mitchell, Dakota do Sul

Mitchell foi a maior cidade que encontrei desde Rapid City. Imaginei que pudesse chegar a Mitchell até o fim da tarde e encontrar um hotel decente onde pudesse cair.

Durante as horas seguintes, a caminhada foi ficando cada vez mais difícil, e a cinco quilômetros da cidade, a tontura tinha voltado, ainda pior que antes. Tudo começou a girar com tanta violência que eu estava cambaleando como um bêbado. Então, eu vomitei. Cambaleei por mais alguns metros e vomitei novamente. Caí de joelhos, segurando a cabeça, angustiado.

Deslizei a mochila dos ombros e rolei para o lado. Caminhar não era mais uma opção. Eu não sabia o que fazer. Torci para que um patrulheiro rodoviário ou um motorista parasse para me olhar, mas ninguém parou. Os carros passavam velozes — ou sem me ver ou possivelmente sem querer lidar comigo. Como você reage a um corpo deitado na lateral de uma estrada?

Fiquei ali deitado por várias horas, vomitando mais seis vezes, até que estava dando golfadas, e não saía nada, só o gosto da acidez estomacal amarga em minha boca. Quando caiu a escuridão, eu fiquei num dilema. Não sabia se deveria rolar mais para o acostamento, para evitar ser atropelado ou ficar onde estava, torcendo para que um bom samaritano parasse para me ajudar — uma possibilidade que parecia mais improvável a cada carro que passava.

Comecei a entrar em pânico, imaginando como passaria a noite, quando ouvi um carro encostar atrás de mim. Ouvi a porta se abrir e depois passos pesados. Minha mente, já girando, teve um lampejo do passado, de quando fui atacado e quase morto, na saída de Spokane. Só que, dessa vez, eu estava ainda mais vulnerável.

Olhei para cima e vi um homem idoso, de cabelos grisalhos, bem-vestido, mas com roupas antigas.

— Você está bem? — ele perguntou, com um sotaque pesado que parecia russo.

— Estou muito tonto.

Ele se agachou ao meu lado.

— Andou bebendo?

Eu notei a Estrela de Davi em seu pingente.

— Não. Tudo só começou a rodar.

— Você tem familiares ou amigos para quem eu possa ligar?

— Não, sou de Seattle — eu disse. — Poderia me levar até um hospital ou uma clínica?

— Sim. Há um hospital em Mitchell. Vou levá-lo até lá.

— Eu agradeceria.

— Essa é sua mochila? — perguntou ele.

— Sim, senhor.

— Vou colocá-la no meu carro.

O homem colocou minha mochila no banco traseiro, depois voltou e me ajudou a entrar em seu carro, um modelo antigo da Chrysler. Eu me desloquei bem lentamente, segurando a cabeça. Ele abriu a porta e me ajudou a entrar.

— Não bata a cabeça — disse. Quando eu estava sentado, ele fechou a porta e contornou o carro até o lado do motorista e entrou.

— Vou tentar não vomitar em seu carro — eu disse.

Ele deu uma risadinha.

— Eu agradeceria.

— Não prometo — eu disse.

Ele ligou o carro.

— Tem familiaridade com a cidade de Mitchell?

— Não, senhor.

— Tem o Hospital Avera Queen of Peace, na Foster Street. Podemos chegar lá em quinze minutos.

Eu estava inclinado à frente, com as mãos cobrindo os olhos.

— Obrigado. — Depois de um minuto, eu perguntei — Qual é o seu nome?

— Leszek.

— Lasik?

Ele riu.

— Leszek. É polonês. Qual é o seu?

— Alan.

— Alan — disse ele. — Prazer em conhecê-lo, Alan.

O trajeto foi angustiante, parecendo muito mais longo que quinze minutos, enquanto tudo no meu mundo rodava.

O homem teve a misericórdia de não fazer mais perguntas. Ele não disse nada até encostar na entrada do setor de emergência.

— Chegamos — disse ele. — Vou ajudá-lo a entrar. — Ele fechou o carro e desceu, depois abriu a minha porta. Segurou o meu braço, enquanto eu entrava com ele. Quando estávamos dentro do prédio, eu disse:

— Esqueci a minha mochila.

— Estará segura em meu carro — disse ele.

Eu não podia acreditar que estava de volta a um hospital. O cheiro da sala de espera me deixou mais enjoado, e quando nos aproximamos do balcão da recepção, eu me curvei e vomitei no tapete. À minha volta, as vozes pareciam desencarnadas, miudinhas como num rádio de carro. Uma mulher perguntou:

— O que está havendo?

— Eu não sei — disse Leszek. — Eu o encontrei na lateral da estrada. Ele está muito tonto.

— Faça-o se sentar — disse outra voz de mulher.

Uma enfermeira me ajudou a me sentar numa cadeira de rodas.

— Precisamos de algumas informações para a ficha de admissão — a mulher disse a Leszek. — Preciso que você preencha esse formulário.

— Não posso ajudá-la. Não conheço esse homem. Só parei para ajudar. Seu nome é Alan.

— Você é Alan? — ela perguntou.

— Sim. Minha carteira está na minha mochila.

— Precisamos das informações do seu plano.

— Eu não tenho plano — eu disse.

— Não vi sua expressão, mas houve uma pausa.

— Vocês não podem recusá-lo — disse Leszek.

— Eu não disse que não tenho dinheiro — eu disse. — Não sou um mendigo. Só não tenho plano. Tem um cartão de crédito na minha carteira.

— Vou buscar sua mochila — disse Leszek.

Eu fui levado de volta, na cadeira de rodas, até uma sala de exames. As luzes brilhantes da sala faziam meus olhos doerem.

Uma enfermeira de cabelos ruivos e sardas entrou na sala, quase ao mesmo tempo que eu.

— Eu só preciso checar seus sinais vitais — disse ela. Ela colocou um clipe plástico num dos meus dedos e o deixou ali, enquanto passava um termômetro elétrico em minha testa, digitando os resultados num computador. Depois, ela prendeu o aparelho de pressão ao redor do meu bíceps. Ela leu o medidor, digitou os resultados e tirou o aparelho.

— Qual é o veredicto? — eu perguntei.

— Sua pressão está onze por sete, o que é bom. Sua temperatura está normal. Vou precisar colher sangue.

Ela foi até a pia e voltou com uma seringa e um frasco plástico, que colocou na mesa, ao meu lado.

— Tem preferência de braço?

— Não.

— Deixe-me colocar seu braço esticado, assim. — Ela passou o dedo na parte interna do meu cotovelo, até encontrar uma veia.

— Será só uma picadinha... — Ela deu alguns tapinhas no braço, depois deslizou a agulha por baixo da pele. — Certo. O médico virá num instante. Deixe-me lhe dar esse avental. Precisa de ajuda?

— Eu consigo me vestir.

Ela me entregou um avental azul que estava dobrado em quadrado e depois saiu da sala. Tirei a roupa, vesti o avental e me deitei na cama.

Esperei pelo médico por cerca de dez minutos, e veio uma jovem que parecia não ter mais de vinte anos.

— Oi, Alan, eu sou a Dra. Barnes. — Ela deu uma olhada nos papéis que segurava. — Sua pressão, oxigênio, respiração e pulso estão todos normais. Há quanto tempo está se sentindo tonto?

— Começou hoje de manhã.

— Você estava envolvido em alguma atividade física na hora?

— Eu estava caminhando.

— Caminha muito?

— Sim. Eu caminho cerca de trinta e dois quilômetros por dia.

— Bastante ativo. Esteve bebendo?

— Está se referindo a álcool?

— Não, líquidos. Esteve bebendo álcool?

— Nada de álcool. Bebi água. Eu me mantenho hidratado.

— Mesmo assim, é possível que você esteja desidratado, caminhando tanto assim, sob o sol. Está tomando algum medicamento?

— Não.

Ela franziu as sobrancelhas.

— Vou fazer mais alguns testes. Eu também quero que você comece a tomar soro. Voltarei para checá-lo depois de um tempinho.

A enfermeira ruiva voltou um minuto depois, fez mais exames e então sumiu. Eu apenas fechei os olhos e fiquei recostado na cama, ouvindo os sons da sala de emergência ao meu redor. *Tempo demais em emergências*, eu pensei. A médica voltou quarenta e cinco minutos depois.

— Sr. Chritoffersen, o senhor é um homem misterioso. Parece bem no papel. Mas também foi assim com meu último namorado on-line. Como está se sentindo?

— Ainda estou tonto.

— Acho melhor nós o observarmos por um tempo. Vou receitar meclizine. É um medicamento para enjoo de movimento e é bem eficaz no tratamento de sintomas de vertigem, tontura e náusea. Também irá deixá-lo muito cansado. Tem algum problema em ficar aqui?

— Eu não tenho plano, por isso não quero ficar mais que o necessário.

— Eu compreendo — disse ela. — Vamos tomar o meclizine e ver como será sua reação, depois vou mandá-lo para casa, para descansar.

Eu gostaria de ter uma casa, pensei.

CAPÍTULO

Doze

*Leszek me levou para sua casa, para cuidar de mim.
Será que eu teria feito o mesmo por ele?
Tenho vergonha de responder.*

Diário de Alan Christoffersen

A médica voltou várias horas depois. O relógio da parede marcava uma e quatro da manhã. O meclizine me apagou, e mesmo tendo dormido a maior parte do tempo, eu ainda estava muito cansado.

— Acho que você está bem para partir. Mas não está bem para dirigir.

— Eu posso pegar um táxi até um hotel — eu disse. — Sabe onde está a minha mochila?

A enfermeira disse:

— Seu amigo está com ela, na sala de espera.

— Meu amigo?

— O homem que o trouxe aqui.

— Ele ainda está aqui?

— Acho que está esperando você.

Eu vesti a roupa e a enfermeira me levou de cadeira de rodas de volta ao lobby. Leszek estava sentado numa cadeira, num canto, sem ler nem nada, apenas sentado, com as mãos enlaçadas no colo. A enfermeira me levou até ele.

— Ah, terminou — disse Leszek, se levantando.

— Eu não sabia que você estava esperando por mim.

— Sim, a enfermeira disse que você seria liberado hoje. Achei que poderia precisar de uma carona.

Eu o olhei perplexo. E com uma expressão de dúvida. Talvez o meu cinismo venha dos meus anos de publicidade ou talvez fosse por conta do meu ex-sócio trapaceiro, Kyle Craig, mas eu instintivamente tentei imaginar qual seria a jogada do homem.

— Se você quiser, pode trazer o carro até a porta — disse a enfermeira —, e eu posso levá-lo na cadeira até lá fora.

— Vou buscar o carro — disse Leszek. Ele deixou a sala de espera.

Minhas pálpebras pareciam pesadas. Eu queria dormir desesperadamente e cochilei quando a enfermeira começou a empurrar a cadeira de rodas até a calçada. Leszek abriu a porta do carro, eu me levantei e entrei. Ele fechou a porta e entrou do outro lado.

— Para onde vamos? — eu perguntei.

— Vou levá-lo para minha casa. Mas, primeiro, nós vamos parar na farmácia para comprar o remédio. A doutora prescreveu meclizine, mas nós podemos comprar bonine, que é a mesma coisa e vai lhe custar menos dinheiro.

— Como sabe disso?

— A doutora escreveu bem aqui.

Fomos até uma Walgreens, a apenas algumas quadras do hospital. Eu fiquei no carro, enquanto Leszek entrou, e cochilei, despertando quando ele voltou. Ele estava carregando um saquinho branco.

— Seu remédio — disse. — Você deve se sentir melhor em breve. Só precisa descansar.

Ele me levou para sua casa. No caminho, mostrou uma rua iluminada por lampiões.

— Ali abaixo fica o Corn Palace. É a atração da cidade.

— É um prédio?

— Sim, um prédio. Uma arena. Eles jogam basquete, tem shows e rodeios lá dentro. É conhecido pelo grande festival de milho. Todo ano, eles erguem novos murais feitos de milho.

— Talvez eu passe por lá quando for embora — eu disse.

— Não, não vale a viagem.

Alguns minutos depois, ele disse:

— Chegamos.

Eu estava de cabeça baixa, com as mãos nas têmporas, e lentamente olhei para cima. A casa de Leszek era simples, de tijolinhos, e com um pátio imaculado, com cercas vivas podadas e pinheirinhos em forma de cones. Em contraste, o resto do bairro parecia arruinado. A casa ao lado parecia uma casa de crack.

Ele parou o carro na entrada da garagem. Não é o Corn Palace, mas é meu lar. — Ele riu disso.

— Você vive sozinho?

— Sim. Vivo sozinho. — Ele sorriu. — Nada de esposa pra imaginar que estive fora com uma namorada até tão tarde da noite.

Ele segurou meu braço enquanto subimos os degraus de cimento da varanda da frente. Havia um estojo de metal verde de uma mezuzá fixado à direita da moldura da porta. Eu sabia o que era uma mezuzá porque um dos clientes do meu pai era judeu, e ele uma vez me mostrou quando me levou à casa desse cliente.

Leszek destrancou a porta, e nós entramos na sala da frente. A casa tinha um cheiro de tempero que eu não reconheci, e o aroma me deixou um pouquinho enjoado. O interior era simples, mas arrumado e aquecido, com um tapete vermelho gasto e uma lareira de tijolinhos brancos. Acima, havia uma foto do que parecia uma daquelas gravuras de colorir por número, que já não faziam sucesso havia quarenta anos. O mais notável era um piano de cauda que ocupava grande parte da sala. O instrumento caro destoava da casa humilde.

— Fique à vontade — disse Leszek. — Sente-se no sofá. Eu vou pegar um pouco de água pra você tomar seus comprimidos. A enfermeira disse para tomar outra dose antes de dormir. — Ele deixou a sala.

Eu sentei devagar. O sofá estava coberto com um tecido antigo de estampa vermelha e dourada e afundava um pouquinho no meio. Leszek voltou com um copo de água e dois comprimidos.

— Isso vai ajudá-lo a dormir — disse ele.

Eu achava que não precisaria de ajuda.

Peguei os comprimidos e os joguei na boca, dando um gole de água em seguida. A água estava morna, e eu engasguei um pouco.

— Agora, você deve dormir. Pode dormir no quarto ao lado do meu. Quem usa é meu neto, quando vem me visitar, por isso, está meio bagunçado. Ele é um garoto bagunceiro. Venha comigo.

Levantei-me e o segui pelo corredor curto. — Aqui é o quarto dele. — Ele acendeu o interruptor da luz. — Ele é um menino bagunceiro.

Na verdade, o quarto estava até arrumado. Era um quadrado pequeno, com paredes de lambri escuro e pôsteres de ciclismo.

A cama estava coberta com uma colcha em patchwork vermelha e azul.

— Está ótimo — eu disse. — Perfeito. Eu agradeço por sua gentileza.

— Nós precisamos ter certeza de que você beba bastante água.

— Eles me colocaram no soro no hospital.

— Bom. Esse remédio irá deixá-lo muito sonolento. Você se sentirá melhor depois de dormir. Eu lhe ofereceria algo para comer, mas acho que não será bom pra você agora.

— Não. Acho que eu não conseguiria manter no estômago.

— Você pode comer quando acordar. Se precisar de alguma coisa, apenas me chame. Vou trazer sua mochila pra dentro.

— Obrigado.

Depois que ele me deixou sozinho, eu examinei o quarto mais atentamente. Havia três pôsteres na parede, um com uma fileira de ciclistas de camisetas azuis, com o título "Lance Armstrong Tour de France/2005"; o segundo era uma foto de ciclistas numa variedade de camisetas coloridas, numa estrada sinuosa dos Alpes Suíços. O terceiro pôster era uma linda jovem olhando através dos aros da roda de uma bicicleta.

Sobre a cômoda, havia uma notável coleção de troféus, um deles com quase três palmos de altura. Ao lado da cama, havia um espelho com pé numa moldura dourada e uma mesinha de cabeceira com uma luminária de porcelana e uma cúpula azul-clara.

Eu fechei a porta, depois apaguei a luz e caminhei até a cama. Tirei os sapatos e me deitei sobre os lençóis brancos e limpos. Não me lembro de muita coisa depois disso.

CAPÍTULO

Treze

Seja pela cautela ou pelo exemplo, não há sequer uma vida que tenha sido vivida com a qual não possamos aprender. Cabe a nós decidir como será a nossa.

✦ Diário de Alan Christoffersen ✦

Eu não sabia onde estava quando acordei. Eu havia tido sonhos loucos e lúcidos, sem dúvida ajudados pela medicação que eu tinha tomado, mas minha realidade também era bem maluca — eu estava numa cidade da qual nunca tinha ouvido falar, cuja atração famosa era um palácio de milho, dormindo no quarto de hóspedes de um judeu polonês idoso que eu não conhecia. Isso talvez fosse tão improvável quanto qualquer coisa que eu tivesse sonhado.

Olhei ao redor do quarto. As cortinas estavam ligeiramente iluminadas, como se o sol mal tivesse nascido. Levando-se em conta a hora em que eu tinha ido pra cama, eu não tinha dormido muito. Sentei-me lentamente. Ainda estava com um pouco de tontura, mas nada comparado ao que havia sentido no dia anterior. Ao menos, eu podia andar, se quisesse.

Eu estava com fome, me sentia como se não comesse há dias — o que era quase verdade, já que eu tinha vomitado o que comi no dia anterior. Fiquei aliviado ao ver minha mochila recostada no canto do quarto. Levantei e me olhei no espelho. Meus cabelos estavam grudados de um lado e meu queixo estava escuro com a barba por fazer. Abri a porta e fui até o corredor.

Leszek estava na sala da frente, lendo um livro. Ele o colocou de lado quando me viu.

— Oh, então o Sr. Rip Van Winkle despertou.

— Que horas são? — perguntei.

— Quase sete horas.

— Eu só dormi cinco horas?

Ele riu.

— Não, são sete horas da noite. Você dormiu o dia todo.

Eu esfreguei os olhos.

— É mesmo?

— É verdade. Como está se sentindo?

— Melhor do que estava.

— Sua tontura passou?

— Em grande parte. — Esfreguei os olhos. — Dezessete horas. Não é à toa que estou com tanta fome.

— Eu fiz o jantar. Estava esperando pra comer, torcendo para que você me acompanhasse.

— Eu adoraria.

— Venha até a sala de jantar. Tenho que esquentar a sopa. Acho que sopa seria bom. E um pouco de pão.

Eu o segui até a sala de jantar, que ficava separada da cozinha por um bar.

— Por favor, sente-se — disse ele, caminhando até o fogão. — Eu só preciso aquecer a sopa novamente.

A mesa já estava posta com duas tigelas, colheres de sopa, uma manteigueira e duas canecas de chá. Quando eu me sentei, um ruído agudo soou de um relógio cuco acima do fogão, e depois começou a tocar uma música, enquanto um grupo de estatuetas valsava em círculos, seguido por ruídos do cuco. A cacofonia parou tão subitamente quanto havia começado.

— São sete horas — disse Leszek.

— Seu neto tem muitos troféus.

— Ele gosta de andar de bicicleta — disse Leszek.

— Parece que ele é bom nisso.

— Ele anda de bicicleta e compete pelo mundo todo. De que adianta? Ele deveria arrumar uma esposa, não mais troféus por andar de bicicleta. — Ele mexeu a sopa. — Conhece Rapid City?

— Vim caminhando de lá.

— É uma longa distância daqui, quase quinhentos quilômetros. Um dia, ele foi até lá de bicicleta. Ele começou às quatro da manhã e chegou à noite.

Eu estava pensando: *levei duas semanas*.

— Ele é rápido.

Leszek trouxe a sopa e o pão até a mesa.

— Ele é maluco. Anda de bicicleta pra todo lado. Você não arranja uma boa esposa andando de bicicleta.

Ele me serviu três conchas de sopa e empurrou o prato de pão na minha direção.

— Esse pão é bom. É fresquinho, da padaria.

— Obrigado.

O pão estava cortado em fatias grossas. Eu peguei um pedaço, passei manteiga, mergulhei na sopa e comi.

— Está delicioso — eu disse.

Ele levantou e foi até o fogão, voltando com uma chaleira.

— É sopa Campbell's de feijão com bacon.

— Campbell's? — eu dei outra mordida no pão.

— Não tenho esposa. Você por acaso esperava algo caprichado, feito em casa?

— Eu gosto de sopa Campbell's de feijão com bacon. Minha mãe costumava fazer pra mim quando eu era menino. — Eu comi outra colherada. — Acho que não se faz, exatamente, só se esquenta.

Leszek ergueu a chaleira e serviu minha xícara até a borda.

— O que é isso? — eu perguntei.

Ele se sentou de novo.

— Chá de gengibre. É bom pra tontura. Como se sente? Ainda está tonto?

— Não tanto — eu disse.

— Fico feliz em saber disso. — Ele bateu as mãos nas coxas. — Ah, como é bom ter um convidado em minha casa.

— Não sei como lhe agradecer — eu disse.

Ele abanou o ar.

— Não preciso de agradecimento. É bom ter companhia. — Ele sorriu. — Você disse que veio andando de Rapid City?

— Atravessei Rapid City. Mas comecei em Seattle.

Suas sobrancelhas cheias se ergueram de surpresa.

— Você disse que era de Seattle. Não achei que você tivesse caminhado desde lá. É um longo caminho. Por que um homem caminha de Seattle até Mitchell, em Dakota do Sul?

Passei manteiga em outro pedaço de pão.

— Pra ver o Palácio de Milho, é claro.

Ele ficou me olhando, como se estivesse resolvendo se eu estava ou não falando a verdade. Finalmente, disse:

— Não.

— Você está certo. Estou brincando. Só estou passando por Dakota do Sul. Estou caminhando até Key West, na Flórida. — Dei outra mordida.

Ele ficou me olhando comer, depois disse:

— Key West, Flórida. Sim, eu conheço Key West, na Flórida. Então você é como meu neto, não tem esposa para mantê-lo em casa.

Eu ergui os olhos pra ele.

— Não, não tenho.

Ele assentiu.

— Então, por que um homem inteligente caminha de Seattle até Key West?

— O que o faz pensar que sou inteligente?

— Você usa palavras inteligentes. As palavras de um homem dizem mais sobre ele do que suas roupas. Porque o inglês não é minha língua-mãe, eu fico mais atento às palavras inteligentes.

— Eu trabalhei em publicidade — eu disse.

— Fazendo comerciais para a televisão?

— Sim. Mas eu fazia mais anúncios para revistas e design de produtos.

— Já fez algum comercial que eu conheceria?

— Provavelmente não. Meus clientes se concentravam mais em Washington.

— A capital, Washington, D.C.?

— Não. Estado de Washington.

Ele concordou.

— Claro. Claro. Seattle. — Deu uma mordida no pão. — Você era bom em publicidade?

— Algumas pessoas achavam que sim. Elas me deram prêmios.

— Isso o torna bom? Os prêmios?

— Não. Eles são apenas sintomas da doença. Não a doença em si.

Leszek riu.

— Está vendo, você é inteligente. Mas ainda não respondeu à minha pergunta. Por que um homem de publicidade, com prêmios, caminha de Seattle até Key West? Tempo de sobra? Ou, talvez, como dizem na Polônia, você esticou a cabeça acima dos outros e te cortaram do negócio?

— Não — eu disse. — Eu perdi minha esposa.

O sorriso dele desapareceu.

— Ah, eu lamento muito. Você se divorciou?

Eu sacudi a cabeça.

— Não, ela faleceu.

Ele pareceu aflitíssimo.

— Eu lamento muito, muito mesmo, em ouvir isso. Ela estava doente?

— Ela estava andando a cavalo e quebrou a coluna. Morreu um mês depois, de infecção.

— Isso é muito mau. E agora eu entendo por que você largou seu emprego.

— Em parte. A agência onde eu trabalhava era minha. Enquanto eu estava cuidando da minha esposa, meu sócio roubou todos os meus clientes e me levou à falência.

— Isso é ruim — disse Leszek. — Pobre homem.

Eu não tinha certeza do que ele quis dizer com isso.

— Eu?

— Seu sócio. Ele é um pobre homem. Eu sinto muito por ele. — Ele se levantou. — Deixe-me lhe dar mais sopa. — Ele estendeu o braço e serviu mais sopa em meu prato. — Aí está. Coma bastante.

— Obrigado — eu disse, esperando que ele se sentasse. Perguntei, então — Você sente muito por ele?

— Sim. Ele construiu para si um mundo sem confiança. Agora precisa passar seus dias temendo que alguém roube o seu negócio.

As coisas que fazemos aos outros se tornam nosso mundo. Para o ladrão, todos no mundo são ladrões. Para o trapaceiro, todos querem enganá-lo.

— Esse é um modo interessante de olhar a coisa — eu disse.

— E quanto a você? — perguntou Leszek. — Você está livre desse homem?

— O que quer dizer?

— Você perdoou seu sócio?

— Isso não vai acontecer.

Ele me olhou com tristeza.

— Se é assim, eu tenho que lamentar muito por você também.

— Lamentar porque eu não vou perdoar um ladrão? Na verdade, ele é pior que um ladrão, ele é um traidor. Dante disse que o demônio reserva o nível mais fundo do inferno para homens como ele. — Eu me recostei. — Não, acho que não vou perdoá-lo.

Ele pareceu muito aflito.

— Como pode viver sua vida se a entregou a um traidor ladrão?

— Algumas pessoas não merecem ser perdoadas.

— Não — Leszek disse. — Você tem que perdoar a todos.

Eu olhei o idoso intensamente.

— Não pode estar falando sério. Está me dizendo que os sobreviventes do Holocausto devem perdoar Hitler?

O homem me olhou com uma expressão peculiar. Ele enlaçou as mãos à sua frente e disse baixinho:

— Estou.

— Você acredita que até Hitler merece ser perdoado?

O homem me olhou sem piscar.

— Essa não é a questão.

— O que quer dizer?

— Perdoar Hitler, ou seu *wspólnicy*... — Ele ergueu um dedo. — ... pessoas que o ajudaram, não tem nada a ver com Hitler. Hitler é um homem morto. Acredita que perdoá-lo irá ajudá-lo?

Eu não respondi. Claro que não ajudaria.

— Meu amigo — Leszek continuou —, nós nos acorrentamos àqueles que não perdoamos. Portanto, deixe-me repetir a sua pergunta. Deve um sobrevivente do Holocausto se acorrentar eternamente a Hitler e seus crimes? Ou ele deve perdoar e ser livre?

— É mais fácil dizer isso do que fazer — respondi.

— Sim, *tudo* é mais fácil de dizer do que fazer. Eu abaixei meu olhar para a mesa.

— Mas você não respondeu à minha pergunta. Devemos perdoar e sermos livres?

A pergunta dele me deu raiva.

— Olhe, eu lhe agradeço por tudo que fez por mim. Você é um homem melhor que eu. Mas quando souber o que é ter tudo tirado de você, então você pode me dar esse sermão sobre perdoar e seguir em frente.

Ele assentiu devagar.

— Eu lamento tê-lo aborrecido. Não, eu não tive tudo tirado de mim. — Ele olhou nos meus olhos, com uma expressão profunda. — Mas só porque eu não estava disposto a abrir mão da minha humanidade. — Ele pôs o braço em cima da mesa e lentamente arregaçou a manga.

Em princípio, eu não vi o que ele tinha a intenção de me mostrar. Sua pele era sardenta do sol e enrugada, mas, então, eu vi o número tatuado em tinta azul no antebraço. Ergui o olhar e mirei os olhos dele.

— Eu tinha quatorze anos quando os soldados alemães vieram atrás de minha família e nós fomos colocados num trem para Sobibor. — Ele olhou nos meus olhos. — Talvez você tenha ouvido falar de Sobibor?

Eu sacudi a cabeça, ainda meio perplexo.

— Não — disse ele. — Acho que não. Pois durante muito tempo, ninguém soube dos campos de Sobibor. Até alguns dos sobreviventes do Holocausto o negaram. Mas aqueles de nós que estivemos lá sabíamos a verdade. Duzentas e cinquenta mil pessoas morreram lá. Somente alguns de nós conseguimos sobreviver. Eu fui um deles.

— Onde fica Sobibor? — perguntei.

— Sobibor é no Leste da Polônia. Foi o segundo campo construído pela SS. Era um campo de morte. Eles só mantinham alguns de nós vivos para ajudar a matar.

— A SS era muito inteligente quanto à administração do campo — prosseguiu. — Eles acalmavam as pessoas dizendo que elas estavam sendo levadas a um campo de trabalho. Faziam isso para que elas não resistissem. Fizeram muito para que as pessoas acreditassem nesse truque. Tinham prisioneiros de uniformes azuis esperando na estação de trem para saudar os passageiros. Quando descemos dos trens, fomos recebidos por carregadores sorridentes.

"Meu pai acreditou no truque. Ele até deu uma gorjeta a um dos carregadores, pedindo que ele levasse nossas malas até nosso quarto.

"Chegando de trem... — Ele esfregou a mão grossa no rosto. — Não se esquece algo assim. O som dos freios do trem. O cheiro. Havia um cheiro horrível no ar, sempre aquele cheiro.

"Os guardas alemães e ucranianos nos separaram em dois grupos: homens de um lado, mulheres e crianças de outro, com um espaço entre nós. Disseram que os meninos de quatorze anos ou menos deveriam ficar com suas mães. Eu tinha acabado de fazer quatorze anos, não conseguia decidir se ia com ela ou meu pai. Foi minha mãe quem tomou a decisão. Não sei se foi porque ela estava com meu irmão e irmã mais novos, e não queria que meu pai ficasse sozinho, ou se ela, de alguma maneira, sabia o que ia acontecer, mas ela me disse para ir com meu pai.

"O comandante que nos recebeu na estação tinha um discurso. Todos nós estávamos tão cansados, famintos e sedentos que não estávamos pensando direito. Estávamos prontos para acreditar em qualquer coisa. O comandante nos disse que Sobibor era um campo de trabalho. Que não seria fácil para nós e teríamos que trabalhar duro, mas, pelo fato de que o trabalho duro era bom para a alma, nós os agradeceríamos.

"Eles disseram que Sobibor era um lugar seguro, e que, contanto que fizéssemos o que nos fosse dito, estaríamos bem. Mas se desobedecêssemos, seríamos punidos.

"No caminho para o campo, havia se espalhado um boato de que Sobibor era um campo de morte, então, por pior que as coisas estivessem, achamos que as notícias dadas pelo comandante eram muito boas."

Lágrimas apareceram nos olhos de Leszek, mas não caíram, como se ele não as permitisse.

— O oficial que falou na chegada dos prisioneiros era da SS, chamado Hermann Michel. Nós o chamávamos de "pastor", porque ele era um pastor de mentiras inteligentes. Foi uma lição que aprendi bem: nunca confiar em gente de fala mansa que anda armada.

"Depois de nos dar as boas-vindas ao campo, ele nos disse que houvera uma onda de tifo num dos outros campos e, como nossa saúde era importante para ele, antes que tivéssemos permissão de entrar em nossos alojamentos, teríamos que tomar banho, e nossa roupa teria que ser lavada. Ele nos disse que esse era o único motivo pelo qual homens e mulheres tinham que se separar, mas que nós logo estaríamos juntos e poderíamos viver como famílias. Eu me lembro de ver a minha mãe sorrindo para o meu pai. Ela acreditava que ficaríamos bem. Michel disse: 'Dobrem suas roupas e lembrem-se de onde elas estão, pois não vou ajudá-los a encontrá-las'.

"Então os soldados passaram pelas filas, perguntando se alguém tinha alguma habilidade. Eles estavam especialmente interessados em carpinteiros, sapateiros e alfaiates. Meu pai era sapateiro, e eu tinha trabalhado com ele desde os onze anos. Ele disse aos soldados que nós tínhamos um ofício. Eles nos tiraram da fila. Em seguida, os meninos pequenos passaram pelas filas entregando barbantes para que as pessoas amarrassem seus sapatos juntos.

"Os velhos e doentes foram levados primeiro. Eles os colocaram em carrinhos. Disseram-lhes que seriam levados a um hospital para tratamento, mas eles eram levados diretamente até uma vala, do outro lado do campo, onde eram alvejados.

"Todos os outros eram conduzidos em grupos que passavam por casinhas bonitas, com jardins e flores em vasos. Parecia muito agradável, mas era tudo parte do truque. Eles eram levados por um caminho que os nazistas chamavam de *Himmelstrasse*, estrada do céu.

"Depois que os velhos se foram, eles levaram as mulheres e crianças. Eu acenei me despedindo da minha mãe e meus irmãozinhos. Minha mãe soprou um beijo para o meu pai e para mim."

Os olhos dele se encheram de lágrimas novamente.

— Eu não sabia, mas minha mãe, meu irmão e minha irmã estavam mortos depois de uma hora. Os nazistas eram muito eficientes.

Ele me olhou, e havia um tom sombrio em seu olhar.

— Uma vez, eu ouvi os gritos. Eu estava em Sobibor havia três meses e fui designado para capinar perto da cerca do campo dois, quando eles ligaram os motores. Apesar das paredes de concreto, os gritos escapavam. O som congelou meu sangue. É um som que jamais se esquece. Depois pararam e não havia nada além de silêncio. Quando eu tenho pesadelos, é isso que eu ouço. O silêncio.

"Sobibor tinha um propósito. Matar o maior número possível de pessoas que os alemães conseguissem. Quando cheguei lá, os alemães tinham três câmaras de gás, com grandes motores de caminhão. Eles podiam matar seiscentas pessoas de uma vez. Mas isso não era veloz o bastante para eles. Assim, três novas câmaras foram construídas para que eles pudessem matar mil e duzentas pessoas de cada vez. Imagine, mil e duzentas pessoas de cada vez. Eram prisioneiros russos de guerra, homossexuais e ciganos, porém, a maioria era de judeus."

Ele ficou em silêncio, e eu apenas olhei pra ele, meu coração disparado, meu estômago enjoado. Depois de um momento, ele esfregou os olhos e me olhou.

— Em Sobibor, havia três campos. O campo um e o campo dois eram onde eles preparavam comida para os oficiais e guardas. Os prisioneiros que estava lá cozinhavam ou lavavam os carros ou lavavam e faziam roupas, sapatos, joias de ouro ou o que os guardas pedissem.

"O campo três ficava longe de nós. Era um mistério. Um dos cozinheiros queria saber o que se passava no campo três, então ele escondeu um bilhete num bolinho de massa. Um bilhete voltou, no fundo de uma panela. Ele dizia *morte*.

"Os que permaneciam vivos no campo três tinham uma função: matar e enterrar os mortos. Em princípio, os alemães enterravam os corpos em buracos imensos, usando tratores, mas eram muitos, então eles começaram a queimá-los. À noite, dava pra ver as chamas. Sempre queimando. Como o inferno.

"Uma vez, o próprio Himmler fez uma visita ao campo. Para comemorar a sua vinda, centenas de meninas foram mortas em sua homenagem.

"Ninguém estava seguro. Até os que ajudavam os guardas eram substituídos em intervalos de semanas. Era assustador receber ordens para entregar comida no campo três, porque muitas vezes os entregadores não voltavam."

As palavras dele foram sumindo. Ele novamente se voltara para dentro de si. Minha autopiedade foi varrida pela força de sua história. Depois de alguns instantes, eu perguntei:

— Como você sobreviveu?

— Hmm — disse ele, assentindo. — As pessoas acham que os judeus simplesmente iam para seus túmulos, como cordeirinhos, e ninguém resistia. Isso não é verdade. Muitos tentaram fugir. Muitos, muitos, perderam a vida por conta disso. Os alemães tinham uma regra. Se uma pessoa escapasse, uma dúzia morreria no campo.

"Era horrível ter a morte à espreita, o tempo todo, mas, de certa forma, era libertador. Uma vez que tivemos certeza de que seria só uma questão de tempo até que nos matassem, não tínhamos nada a perder. Sabíamos que todos nós morreríamos, portanto, o risco não significava nada.

"Enquanto estávamos planejando nossa fuga, chegou a Sobibor um soldado russo com nome de Pechersky. Nós o chamávamos de Sasha. Ele planejou a fuga. Alguns dos homens tinham machados para cortar árvores, alguns fizeram facas, e, na hora combinada, nós matamos os guardas, um a um, e pegamos suas armas. Tudo foi bem até que um dos guardas foi encontrado. Então, foi uma loucura. Os guardas das torres começaram a atirar para baixo com suas metralhadoras. Nossos homens atiravam de volta. Era cada um por si.

"Havia florestas logo após a cerca. Nós sabíamos que se conseguíssemos chegar à floresta, seria difícil para eles nos encontrarem. Havia setecentos de nós no campo e talvez trezentos tenham conseguido sair. Mas os campos estavam minados e muitos não conseguiram passar da mata. Uma mina terrestre explodiu perto de mim, e um homem passou voando pelo ar.

"Os alemães enviaram mensagens pelo rádio, pedindo ajuda, e soldados chegaram com cães para nos caçar. No fim, menos de cem chegaram à liberdade. E muitos desses foram delatados ou mortos por traidores poloneses da cidade."

— Foi um fracasso, portanto — eu disse.

— Não. Valeu a pena, mesmo que só um de nós escapasse, porque todos nós teríamos morrido — cada um de nós. Eu fui um dos que tiveram sorte. Um bom fazendeiro me encontrou. Ele me acolheu e me escondeu até que a guerra terminasse. Eu lhe devo a minha vida.

Subitamente, eu entendi.

— Foi por isso que você parou pra me ajudar.

— Sim, eu fiz uma promessa a Deus que jamais daria as costas a alguém em necessidade.

— O que você fez quando a guerra acabou?

— Eu tinha muito ódio. E me pediram para testemunhar nos julgamentos de crimes de guerra. Tive a chance de olhar alguns dos guardas em seus rostos e apontá-los para condená-los. Não me arrependo disso. A clemência não deve roubar a justiça.

"Mas minha alma se tornou sombria. Eu não confiava em ninguém. Detestava todos, até os poloneses. Até que conheci Ania. — Sua expressão se abrandou quando ele falou o nome dela. — Minha querida Ania. Ela também tinha sofrido. Não em Sobibor, mas ela também viu a morte. Seus próprios pai e mãe foram mortos na frente dela. Mas ela não era como eu. Ela era tão linda. Não somente o seu rosto, que, eu lhe digo, era lindo, mas seus olhos. De alguma forma, ela ainda conseguia sorrir, gargalhar."

Quando disse isso, ele sorriu pela primeira vez desde que começara a sua história.

— Ah, minha querida Ania. Eu não conseguia ficar longe dela. Mas ela não me queria. Finalmente, eu disse: "Por que, Ania? Por que você não me quer?".

— Ela disse: "Porque você é como eles". Eu fiquei muito zangado. Eu disse "Não sou como eles". Ela disse: "O ódio que eles têm por nós, você tem por eles, não há diferença. Você tem o mesmo ódio em seu coração, seria melhor que tivesse morrido em Sobibor".

"Ela estava certa. Eu era igual a eles. Ela me mostrou que uma coisa que eles não podiam tirar de mim era a minha escolha. Então, eu fiz a escolha de ser livre deles. De ser livre do meu passado, do meu passado horrível. — Ele assentiu. — Foi quando ela se casou comigo. Foi quando eu me tornei um homem livre, até mais do que quando fugi do campo. De muitas formas, foi a mesma coisa."

— O que aconteceu com Ania?

— Minha Ania morreu há nove anos. Depois que ela morreu, eu vim para a América para ficar com meu filho. Ele agora mora na Califórnia.

Eu olhei para baixo por um bom tempo e então disse:

— Eu lamento. Meus problemas são pequenos em comparação aos seus.

Ele estendeu a mão e pousou sobre a minha.

— Não. Seus problemas não são pequenos. Eles também são horríveis. Motivo maior ainda para que você se livre deles. — Em seguida, ele me olhou nos olhos e disse algo que me modificou para sempre. — O que sua amada lhe faria fazer?

Meus olhos se encheram de lágrimas. Quando consegui falar, eu respondi:

— Ela me diria para ser livre.

Ele concordou.

— Sim, como a minha Ania. Igual à minha Ania. — Ele me olhou nos olhos. — Honre os desejos dela e você a honrará também.

Eu pensei no que ele disse.

— Como faço isso? Como perdoo?

— Não tive ninguém a quem procurar. Ninguém para dizer: "Eu te perdoo". Mas você pode ir até ele, seu sócio. Pode lhe dizer que o perdoa. Mas primeiro você tem que dizer isso a Deus. Depois pode dizer a ele.

— Acho que ele não acredita que agiu errado.

— Ele sabe que agiu errado. Ele sabe. Mas isso não importa. É a sua liberdade. Ele tem que encontrar a dele.

O momento caiu em silêncio. Finalmente, ele disse:

— Eu já o sobrecarreguei demais, para sua doença.

Eu sacudi a cabeça.

— Não. Você não me sobrecarregou. Vou pensar no que disse.

Ele assentiu.

— Gostaria de mais sopa?

— Não, obrigado. Estou satisfeito.

Subitamente, seu rosto se iluminou.

— Então, você talvez queira me ouvir tocar piano.

Sorri.

— Eu gostaria.

Ele sorriu abertamente.

— Ficarei muito contente em tocar piano pra você.

Nós dois nos levantamos e fomos até a sala da frente. Eu me sentei novamente no sofá, enquanto Leszek se sentou ao instrumento. Por um momento, ele olhou para baixo, para o piano, depois ergueu as mãos, seus dedos pairaram brevemente sobre as teclas e ele começou a tocar.

Não sei o que ele tocou, mas eu podia sentir, assim como ouvir, a alma de Leszek se derramando através de sua música. Ele não era mais um velho grisalho e fraco, mas vibrante e forte.

Até a sala se modificou, glorificada pela força e o brilho da música, e eu poderia estar sentado em meio a tapeçarias de veludo e folheados dourados, em um dos mais belos salões de concerto da Europa. Fechei meus olhos e me perdi na paixão do momento, em algum lugar entre a agonia e a esperança, o desespero e o triunfo, o passado e o futuro, em lugar algum e em todos os lugares.

A música parou tão subitamente quanto tinha começado, deixando a sala quieta, o silêncio ecoando poderoso.

As lágrimas rolavam em meu rosto. Nos rostos de nós dois. Leszek era novamente idoso. Ele voltara a ser mortal. Sem olhar para mim, ele disse:

— Está tarde. Acho que agora eu vou pra cama. — E levantou-se do banco.

— Obrigado — eu disse.

Ele se virou pra mim.

— O prazer é meu, amigo. O prazer é meu.

Então, o velho homem seguiu para o seu quarto.

CAPÍTULO

Quatorze

*Perdoar é destrancar a gaiola
da loucura alheia, é se libertar.*

✦ Diário de Alan Christoffersen ✦

Fiquei deitado durante horas sem conseguir dormir. Não apenas por já ter ido me deitar tão tarde, mas porque minha mente estava cheia demais. Pensei mais nos horrores que Leszek vira na vida. Percebi que, de certa forma, as atrocidades do Holocausto se tornaram um cinema pra mim: uma biblioteca mental de documentários, filmes e livros que eu tinha conhecido enquanto estava crescendo, equivocadamente acreditando que conhecesse o horror. Eu nunca tinha conhecido ninguém que tivesse vivido isso. Era a diferença entre ler um guia de viagens e conversar com um nativo.

Isso era algo que eu jamais entenderia: como pode uma pessoa ser tão desumana com outras? Coloquei-me nessa equação. Se eu tivesse sido um soldado alemão, teria obedecido às ordens? Estatisticamente falando, eu provavelmente teria. E se eu estivesse na posição de Leszek? Teria tentado fugir ou aceitado minha morte? E essa pergunta não era, de várias maneiras, a mesma pergunta que eu estava enfrentando agora?

Naquelas horas escuras e silenciosas, encontrei a verdade nas palavras de Leszek. O que ele disse era verdade — querendo ou não, eu tinha designado uma porção de minha vida a Kyle. Eu lhe concedera uma parte contínua em minha vida — recorrente, em intervalos consistentes como um programa regularmente agendado na rede televisiva da minha mente. Como publicitário, isso era algo que eu entendia. Nós pagávamos dinheiro à mídia para alugar espaços nas mentes de nossos telespectadores. Era isso que eu havia dado ao Kyle — uma série televisiva em minha mente, um drama diário que eu visitava para criar dor, ódio e justificativa e... Então, eu enxerguei. Será que eu estava me agarrando ao ódio e ao rancor porque eu queria? Seria o ódio uma luxúria tão forte quanto o sexo ou a violência? A ponto de que eu tivesse algum desejo carnal de surrá-lo impiedosamente, todos os dias, no ringue de boxe da minha mente? E por quanto tempo esse programa continuaria passando até que eu o cancelasse? Pelo resto dos meus dias?

Podia ser. Eu tinha conhecido gente que guardava rancor como se fosse seu tesouro mais precioso, agarrando-se à amargura e ao ressentimento mesmo depois que o foco de seu ódio já estava morto e enterrado.

Essa ideia parecia absurda. Se minha vida era, como meu pai sempre disse, a soma total dos meus pensamentos, então uma linha de raciocínio como essa transformava a minha vida em quê? Não. Eu queria ser dono dos meus pensamentos. Queria reaver minha mente. Queria meu tempo de volta. Eu queria perdoar.

Não sei a que horas acabei pegando no sono, mas acordei, na manhã seguinte, por volta das dez. Estava iluminado lá fora. Por isso, dessa vez, eu soube que já era manhã. Eu não estava tonto. Fiquei deitado na cama ainda por alguns minutos, relembrando os pensamentos da noite anterior.

Há muito tempo, eu havia descoberto que aqueles pensamentos que temos no meio da noite nem sempre se mantêm até a luz do dia. Durante minha vida de publicitário, havia momentos em que eu pulava da cama com uma ideia para uma campanha, algo que achava brilhante e precisava escrever. Eu mantinha um bloco de anotações ao lado da cama exatamente para esse propósito. Levantava correndo, escrevia meu lampejo de gênio e voltava pra cama. Na manhã seguinte, lia as palavras e me perguntava: *O que eu estava pensando?*

Mas, dessa vez, não foi o caso. Tudo que Leszek dissera era verdade. Eu não possuía qualquer participação na vida de Kyle e não queria que ele tivesse na minha. Peguei meu celular na mochila, mas enquanto pensava no que estava prestes a fazer, hesitei. O que eu diria? Quanto eu diria? De certa forma, não importava. Era o ato em si. Quanto menos eu falasse, melhor seria. Eu ligaria e diria "eu te perdoo". Apenas essas três palavras. Pensei em Pamela. Foi pra ouvir isso que ela veio de tão longe. Por isso arriscara a vida. Mas, até onde eu sabia, Kyle não estava buscando o que Pamela buscou. Novamente, lembrei a mim mesmo das palavras de Leszek. Isso não importava. O que eu estava fazendo não tinha quase nada a ver com Kyle. Sua forma de reagir ao meu perdão cabia a ele. Mesmo que ele recebesse a minha ligação com hostilidade, não importava.

Em seguida, me lembrei que Leszek dissera que eu deveria primeiro ir a Deus. Surpreendentemente, para mim, falar com Deus foi mais difícil do que ligar para o Kyle. O que eu diria a Deus? Claro, se Deus era Deus, então qualquer coisa que eu dissesse era discutível, pois ele já saberia o que eu ia dizer. Eu não podia planejar o que diria, como algum tipo de apresentação, cada palavra cuidadosamente programada no script, pausada para causar impacto. Falar com Deus não tinha a ver com uma exibição.

Uma vez, eu estava presente no jantar beneficente de um candidato ao Congresso pelo estado de Washington. Um pastor se levantou para fazer uma prece, mas, em lugar disso, ele leu um poema. Eu me lembro de ter pensado que aquela era uma bela apresentação, mas aquilo não era mais sincero que o jingle da minha última campanha publicitária. Talvez fosse a profunda ausência de pretensão do meu pai, mas eu tinha sido ensinado a falar com sinceridade e a ir direto ao assunto. Pra mim, fazia sentido que eu falasse com Deus da mesma forma, mantendo as coisas simples. Olhei para o teto, depois disse, em voz alta:

— Deus, eu perdoo Kyle.

Nada. Eu não senti nada. Eu me senti pior que nada, me senti um mentiroso. Ainda queria dar uma coça nele. Queria bater nele até ele virar mingau e deixá-lo na lateral da estrada, como a gangue de Spokane tinha feito comigo.

Foi quando eu descobri a verdade sobre a prece. Como Mark Twain escreveu: "Você não pode rezar uma mentira".

Eu continuei minha oração.

— Deus. Eu quero dar uma surra em Kyle Craig, até ele virar uma pasta. O que ele fez foi desprezível. Foi malévolo e cruel, e ele é uma pessoa perversa. — Estranhamente, eu senti paz ao dizer isso. Agora eu estava chegando a algum lugar. — Eu quero que ele sofra, até como eu sofri. — Deixei as palavras ecoarem. Sentimentos poderosos começaram a vir. — Não sei por que ele é assim. Mas eu não quero ser como ele. Não quero que ele seja parte da minha vida. Quero ficar livre dele. Quero ficar livre de seu fardo. Não quero odiar. Não quero *isso*.

Parei e fiquei sentado, em silêncio. Então, senti algo notável. Uma sensação terna de paz me alcançou.

— Eu *quero* perdoá-lo.

Essa era a resposta. Desejo. Não é a habilidade de caminhar que agrada a Deus, é o *desejo* de caminhar. O desejo de fazer a coisa certa. A medida mais verdadeira de um homem é o que ele deseja. A medida do que ele deseja é vista nos seus atos.

— Eu quero perdoar Kyle Craig — eu disse em voz alta. Dessa vez, eu disse pra valer.

Peguei o telefone e disquei o número de Kyle. Seu número havia sido desligado. Pelo que Falene me dissera lá em Spokane, eu não deveria estar surpreso.

Pousei o telefone e pensei em que horas seriam na Costa Oeste. Eu tinha entrado no horário central, portanto, era pouco depois das oito. Disquei o número de Falene. Ela não atendeu. Eu tinha me esquecido que ela nunca atendia ligações de números que não reconhecia. Desliguei e tentei novamente, pensando em deixar um recado. Para minha surpresa, ela atendeu.

— Alô?

— Falene, é o Alan.

Houve uma pausa momentânea.

— Alan, onde está você?

— Estou em Dakota do Sul. Como vai você?

Ela parou.

— Estou bem — ela disse, sem convencer.

— Como está, de verdade?

— Já estive melhor — ela disse, baixinho.

— O que houve?

— Lembra de quando eu contei sobre meu irmão caçula?

— Ele não acabou de sair da reabilitação?

Ela fungou.

— Sim. Mas ele voltou a usar. Não o vejo há onze dias.

— Eu lamento muito.

— Estou muito preocupada — disse ela.

— Lamento muito — eu disse, novamente. Eu não sabia o que mais dizer.

Depois de um momento, ela suspirou.

— Mas não foi por isso que você ligou. O que posso fazer por você?

— Estou tentando encontrar Kyle.

— Kyle Craig?

Eu sabia que isso seria uma surpresa pra ela.

— Sim. Tentei ligar pra ele, mas o número foi desligado.

— Isso é porque há uma longa lista de pessoas que gostariam de linchá-lo. Por que você quer falar com *ele*?

— Parte do meu processo de cura, eu acho. Você pode me ajudar a encontrar o número dele?

— Talvez leve um tempo.

— Tudo bem. Você pode me achar aqui.

— Está bem — disse ela. — Vou ligar de volta.

— Obrigado, Falene. Agora, o que eu posso fazer por você?

Ela suspirou.

— Eu gostaria que houvesse algo. Mas obrigada, mesmo assim. — Nós dois ficamos em silêncio por um instante. Então, ela disse — É tão bom ouvir a sua voz.

— A sua também — eu disse.

— Vou ligar quando encontrar o número de Kyle.

— Obrigado — eu disse.

— Falo com você em breve.

Nós desligamos. Depois, eu me deitei de volta na cama e fiquei olhando o teto.

Eu sentia falta de Falene. Depois de tudo que ela tinha feito por mim, eu gostaria de confortá-la de alguma forma. Ela era minha amiga mais verdadeira e, sem ela, eu duvidava que ainda estivesse vivo.

CAPÍTULO

Quinze

Uma vez, eu ouvi um pastor dizer: "O motivo para que às vezes tenhamos uma ligação tão rápida com um estranho é que a amizade não é dessa vida, mas a retomada de uma amizade de outra vida". Não sei se isso é verdade, porém, às vezes, parece ser.

— Diário de Alan Christoffersen

Fiquei deitado por mais alguns minutos, depois me levantei sem qualquer dificuldade. Eu não estava mais tonto. *Hora de partir*, pensei. Vesti uma calça de moletom e fui até a cozinha. Leszek estava sentado à mesa, com uma xícara de café e o jornal aberto à sua frente. Ele olhou para mim quando entrei.

— Bom dia — disse ele.

— Bom dia.

— Estou fazendo palavras cruzadas — disse. — Não sou muito bom nisso. Sabe uma palavra de seis letras para louvar?

Eu me aproximei e olhei o jornal.

— A segunda letra é *d*, disse ele.

Eu sacudi a cabeça.

— Não sei. Também nunca fui bom nisso.

— Talvez, se fosse polonês — disse ele, sorrindo. — Mas em inglês, há muitas palavras que não conheço.

— Adorar — eu disse.

Ele olhou a palavra.

— Sim. Adorar. Muito bom. — Ele preencheu a lápis. — Como se sente hoje, Alan?

— Bem. Eu me sinto bem.

— Isso é bom — disse ele, levantando. — Vou lhe fazer café da manhã.

— Não tem pressa — eu disse. — Termine sua palavra cruzada.

— Você vai morrer de fome — disse ele. — Nunca vou terminar isso. — Ele caminhou até a cozinha. — Nunca termino essas palavras cruzadas. — Ele acendeu o fogão elétrico sob uma frigideira. — Fui ao mercado hoje de manhã. Comprei uma calda deliciosa para nossas panquecas. Gosto das panquecas americanas. Vocês dizem panquecas ou *hotcakes*?

— Ambos — eu disse. — Geralmente, panquecas. Mas um bolo de grelha de qualquer outro nome é igualmente satisfatório.

— Ah, sim, Shakespeare — disse Leszek, enquanto despejava a massa na frigideira. — Você é inteligente. — Ele passou a espátula embaixo da massa e a virou.

— Pensei muito no que você me disse ontem à noite. Já escreveu sua história?

— Estou escrevendo agora — disse ele. — Para meus filhos e netos. Mas acho que meu filho não vai ler.

— Por quê?

— Acho que ele talvez não queira pensar nessas coisas.

— Ele vai querer ler algum dia — eu disse.

— Sim. Talvez depois que eu estiver morto. As pessoas são sempre mais interessantes depois de mortas. Principalmente os pais, eu acho.

Pensei no meu pai. Que perguntas eu iria querer fazer a ele depois que já não fosse possível?

— Um dos livros prediletos do meu pai foi escrito por um sobrevivente de um campo de concentração — eu disse. — Talvez você tenha ouvido falar: *Em Busca de Sentido (Man's Search for Meaning)*, de...

— Viktor E. Frankl — completou Leszek.

— Sim. Você leu?

Ele sorriu.

— Sim, eu li. Conheço o autor.

— Você conheceu Viktor E. Frankl?

Ele sorriu.

— Viktor era meu amigo. Nós escrevemos cartas.

— Isso é muito legal — eu disse. — Muito legal.

Depois de alguns instantes, Leszek trouxe as panquecas até a mesa. Ele me deu as duas de cima e ficou com a última.

— Tenho calda Aunt Jemima — disse ele.

— Obrigado. — Despejei a calda em minhas panquecas, espalhando-a com o garfo. Dei uma garfada. — Você faz boas panquecas.

— Rá! — disse ele. — Tão boas quanto minha sopa?

Eu ri. Depois que nós dois tínhamos comido um pouco, eu disse:

— Quero lhe agradecer pelo que você disse ontem à noite.

— Falei demais. Ajudou?

— Ajudou. Eu tentei ligar para Kyle Craig hoje de manhã. Suas sobrancelhas pesadas caíram. — Quem?

— Kyle. Meu ex-sócio. O que me roubou.

— Ah, sim. Ligou pra ele?

— Tentei. Mas o telefone dele foi desligado. Mas eu vou encontrá-lo.

— Bom. Bom — disse ele, assentindo e aprovando.

— Na verdade, acho que foi mais difícil dizer a Deus que eu perdoei Kyle.

— Talvez você ainda não tenha perdoado Deus.

— Talvez — respondi. Eu sabia que havia verdade no que ele disse.

— Eu entendo — disse Leszek. — Quando Ania morreu, eu fiquei muito, muito zangado com Deus. Até gritei com Ele. Isso é muito estranho pra mim, pois eu não gritei com Deus quando soube que os soldados tinham matado minha mãe e irmãos, nem depois, quando eles mataram meu pai. Mas gritei com Ele quando minha esposa morreu.

Acho que foi por não poder culpar ninguém pela morte dela a não ser Deus. — Ele me olhou com tristeza. — Acho que Deus entende essas coisas.

— Você acha?

Leszek assentiu.

— Vou lhe contar uma história. Quando meu filho era bem pequeno, ele encontrou uma faca. Eu a tirei dele pra que não se machucasse. Ele ficou muito zangado e gritou comigo. Mas eu não fiquei zangado com ele. — Sua expressão se abrandou. — Não estou dizendo que Ania fosse como uma faca. — Ele se aproximou e sorriu, como se fosse contar um segredo. — Embora, às vezes, sua língua fosse muito afiada.

Eu ri.

— Só estou dizendo que sou mais velho e mais sábio do que meu menininho e entendo por que ele ficou tão aborrecido, então não levei muito a sério. Deus também é mais velho e mais sábio. Acho que ele também compreende.

Isso fez sentido pra mim.

— Espero que você esteja certo — eu disse.

Ele sorriu novamente.

— Eu também. Ou estarei muito encrencado!

Eu ri novamente. Ao olhar para aquele velho sorridente, meu coração se encheu de gratidão. Pensar em deixá-lo me fazia muito triste. Nós comemos em silêncio por um tempo, antes que eu finalmente falasse.

— Vou embora hoje.

Ele concordou.

— Sim, eu achei que talvez fosse.

— Eu gostaria de tomar um banho primeiro, se não tiver problema.

— Sim, claro. — Ele pareceu triste. — Você precisa de alguma coisa antes de ir?

— Não. Você já fez mais que o suficiente.

— Eu posso levá-lo até a rodovia.

Embora eu geralmente recusasse caronas, não pude recusar a dele.

— Obrigado. Eu gostaria, sim. — Levei meu prato até a pia e abri a torneira para lavá-lo.

— Não, não. Pode deixar. Por favor. Eu lavo a louça depois. Vá tomar seu banho.

— Tem certeza?

Ele abanou a mão, me mandando sair.

— Sim. Vá.

Diante da dispensa, fui até meu quarto, peguei roupas e um barbeador e fui para o banheiro. Primeiro, me barbeei, depois abri a água e entrei na banheira. Havia pedacinhos de sabonete numa saboneteira plástica. Leszek era um homem que tinha pouco e desperdiçava menos. Não demorei muito no banho, ciente de que estava usando sua água quente. Lavei meu cabelo duas vezes, ainda surpreso com seu comprimento. Dava quase para puxá-lo e fazer um rabo-de-cavalo.

Ao sair do chuveiro, pude ouvir Leszek tocando piano outra vez. Eu me enxuguei, me vesti e fui até meu quarto para terminar de arrumar minhas coisas na mochila. Arrumei a cama e depois carreguei minha mochila até a sala da frente, onde Leszek esperava por mim. Ele parecia muito triste.

— Você está pronto para partir — disse ele.

— Receio que sim — eu respondi.

— Certo, certo. Vamos.

Saímos pela porta da frente e fomos até o carro dele. Eu joguei a mochila no banco traseiro e entrei, enquanto Leszek ligava o carro. Conforme saíamos de seu bairro, Leszek apontou novamente o Palácio do Milho, sua fachada enfeitada com murais feitos de espigas. Quando atravessamos a rodovia por baixo, apontei um pequeno retorno, perto de uma rampa de acesso à estrada.

— Que tal bem ali? — eu disse.

Leszek parou o carro no acostamento e desligou o motor.

Eu me sentia surpreendentemente emotivo.

— Bem, meu bom amigo — disse Leszek —, é hora de dar adeus. — Ele estendeu a mão grossa. Eu a apertei.

— Dizer obrigado a você parece tão inadequado. Sou tão grato por tudo que você fez por mim.

— O prazer foi meu — disse ele. — Seu pai ainda é vivo?

— Sim.

— Então ele deve se orgulhar de um filho assim. Espero que nos encontremos novamente.

— Eu também — eu disse. — Não peguei seu telefone.

— Vou lhe dar.

Peguei meu diário e uma caneta. Ele me disse o número, e eu o anotei.

— Vou ligar pra você quando chegar a Key West.

— Sim, me ligue. Eu vou celebrar com brinde.

— Brinde?

— Sim, vou tomar o brinde.

Eu ri. Depois apertei novamente a sua mão e saí do carro.

— Cuide-se, meu amigo — eu disse. — Fique em segurança.

— O que de tão ruim poderia me acontecer em Mitchell, Dakota do Sul? — respondeu ele.

Eu ri novamente. Ele acenou, depois ligou o carro, ligou a seta e lentamente voltou à estrada. Eu fiquei olhando seu carro sumir em meio ao tráfego. *Nem todo ouro reluz*, pensei.

CAPÍTULO

Dezesseis

Descobri as damas da Red Hat Society
(Sociedade do Chapéu Vermelho).
Ou, para ser mais preciso, elas me descobriram.

✦ Diário de Alan Christoffersen ✦

Durante os três dias seguintes, eu caminhei de Mitchell até Sioux Falls. Minha viagem foi tranquila e cheia de milho. Havia milho por toda parte. Em determinada altura, eu passei por algo que se assemelhava a uma refinaria de petróleo, o que me deixou intrigado, pois parecia totalmente fora de contexto em meio aos hectares de milharais. Conforme observava a fábrica, me ocorreu que eles estavam fazendo etanol com milho.

No primeiro dia depois de sair de Mitchell, eu vi uma placa indicando a casa de Laura Ingalls Wilder. Quando McKale era pequena, ela era uma grande fã dos livros da série *Little House*, então eu saí da estrada para ver a casa. Logo depois do retorno, no entanto, vi uma placa que dizia que a casa dela ficava mais de oitenta quilômetros fora do meu trajeto. Dei meia-volta e regressei à 90.

Continuei andando. Novamente, havia muitos animais mortos na estrada. Num trecho, eu contei seis guaxinins "dormindo" num espaço de apenas um quilômetro.

No terceiro dia depois de Mitchell, depois de vinte e quatro dias na Interestadual 90, eu saí para o sul, pegando a 29, em direção a Sioux Falls. Dava pra ver a cidade a distância, e, embora eu estivesse cansado, concluí que um bom hotel, com serviço de quarto e uma banheira quente, valeria um esforço extra. Depois de quase quarenta quilômetros, parei num Sheraton.

Resolvi tirar um dia de descanso. Para o café da manhã, pedi ovos Benedict ao serviço de quarto. Depois de comer, coloquei meu calção de banho. Havia um robe atoalhado pendurado em meu armário — peguei-o emprestado e desci até a hidromassagem.

O lobby do hotel estava repleto de centenas de senhoras maduras com chapéus vermelhos e vestidos roxos, algumas delas com echarpes de plumas ou meias felpudas vermelhas ou roxas.

Atravessei o lobby até a área da piscina. A banheira quente ficava no outro lado. Já havia duas mulheres dentro, papeando ruidosamente, suas vozes superando o som de borbulhas da água. Elas também estavam usando chapéus vermelhos. Pararam de falar e me olharam, enquanto eu dobrava meu robe, o colocava sobre o braço de uma cadeira da piscina e entrava na água. Fechei os olhos e me afundei até a altura do pescoço.

Quando abri os olhos, as mulheres ainda estavam me olhando.

— Oi — eu disse.

— Como vai? — disse a que estava mais perto de mim.

— Estou bem. E você?

— Estamos nos divertindo a valer — disse a outra mulher, que era um pouquinho mais alta e tinha cabelos ruivos pintados.

— Por que estão usando chapéus vermelhos? — perguntei.

— Nós pertencemos à Red Hat Society.

— Não conheço.

— Somos uma porção de damas em busca de diversão — disse a primeira senhora. — Nunca ouviu falar de nós?

— Não, desculpe. Não sou de Sioux Falls.

— Ah, mas isso não é um negócio só de Sioux Falls — disse a senhora alta, indignada. — As *Red Hatters* são globais. Temos mais de quarenta mil divisões ao redor do mundo. Já figuramos na revista *Time* e em programas de televisão. Já aparecemos até nos *Simpsons*.

— Nos *Simpsons?* — eu disse. — Desculpem, acho que ando vivendo numa caverna há um tempo. Na verdade, eu tenho feito uma caminhada.

— Deve ser uma caminhada e tanto — disse a segunda mulher.

— Estou atravessando os Estados Unidos.

— Minha nossa — disse e primeira senhora —, mas essa é uma caminhada mesmo.

— É mesmo — disse a segunda. — Em que lado do país você começou?

— Comecei em Seattle.

— Há quanto tempo?

— Já faz quase oito meses. Mas eu fiquei preso em Spokane durante cinco meses. Fui esfaqueado na saída da cidade.

— Esfaqueado? — perguntou a segunda mulher.

Eu me ergui na água para mostrar as cicatrizes do ataque.

A primeira mulher colocou a mão sobre a boca.

— Minha Nossa, que terrível.

A segunda mulher olhou minha aliança.

— Então, como convenceu sua esposa a deixá-lo vir? Ou ela veio com você?

— Você a perdeu — disse a primeira. — Como a perdeu?

Olhei pra ela, intrigado.

— Como sabe disso?

— Sim — disse a segunda mulher, virando para a primeira. — Como sabe disso?

— Ele está usando uma aliança de mulher pendurada no pescoço — disse ela. Ela se virou pra mim. — Se você fosse divorciado, não a estaria usando. Se vocês ainda estivessem juntos, ela estaria usando, e se fosse de outra mulher, sua esposa não lhe deixaria usar.

— Mas você é mesmo Sherlock, hein? — disse a segunda mulher. — Ela está certa?

Eu assenti.

— Ela faleceu em outubro passado. Dois dias depois de seu enterro, eu comecei minha caminhada. As duas mulheres apenas me olharam. Então, a segunda disse:

— Essa é a coisa mais triste que eu já ouvi.

— Contem sobre o Red Hat Club (Clube do Chapéu Vermelho) — eu disse.

— ... Sociedade — corrigiu a segunda mulher.

A primeira mulher começou:

— Ela teve início quando Sue Ellen, nossa rainha mãe...

— Vocês têm uma rainha? — eu perguntei.

— É como Sue Ellen se intitula — respondeu ela. — A sociedade teve início quando ela comprou um chapéu vermelho para uma amiga em seu aniversário de cinquenta e cinco anos. Há um poema sobre um chapéu vermelho. Eu não recito a coisa toda, mas é assim. — Ela se endireitou um pouquinho.

> *Quando eu for uma mulher idosa, vou usar roxo,*
> *com um chapéu vermelho que não combina e nem me agrada.*
> *E vou gastar minha aposentadoria em conhaque e luvas de verão e velas de*
> *cetim, e dizer que não temos dinheiro para manteiga.*

— E vou aprender a cuspir — disse a segunda mulher.

A primeira concordou.

— Também tem isso. Quer dizer que nós passamos a vida seguindo as regras e sendo antiquadas, agora vamos relaxar e nos divertir.

— E nós nos *divertimos* — disse a segunda mulher.

— Minha esposa teria sido uma mulher Red Hat — eu disse.

A primeira senhora sacudiu a cabeça.

— Ela não teria idade suficiente.

— Ela seria uma Pink Hat Lady (Dama de Chapéu Rosa) — disse a segunda. — Essas são nossos membros mais jovens.

— Ela faria isso — eu disse.

Abaixei na água mais uma vez e depois me ergui.

— Acho que já estou bem cozido. — Eu me levantei. — Foi um prazer conhecê-las.

— Muito prazer em conhecer você — disse a primeira senhora.

— Boa sorte em sua caminhada — disse a segunda.

— Obrigado.

Saí da piscina e me sequei com uma toalha do hotel, depois recoloquei o robe e caminhei até o elevador. O lobby já não estava tão cheio, mas ainda tinha um número expressivo de chapéus vermelhos.

Conforme eu seguia rumo ao elevador, vi que havia duas mulheres de chapéu vermelho lá dentro. Uma delas, uma morena bem alta, com um chapéu fedora vermelho, disse:

— Segure a porta, Doris. Aí vem um bonitão.

Eu sorri ao entrar.

— Red Hat Society.

A moça do chapéu fedora sorriu.

— Red *Hot* Society. E onde estava você ontem à noite em nosso Baile Vermelho, quando eu estava procurando um parceiro de dança?

— Estava descansando minhas pernas — eu disse. — Tenho andado muito.

— Parece mesmo — disse ela. — Que tal tirar esse robe e nos deixar dar uma olhadinha?

— Janet! — disse Doris.

— Ah, não seja tão puritana — respondeu Janet. — Ele provavelmente é um modelo. Está acostumado com isso.

— Não sou modelo.

— Poderia ser — disse Doris.

— Deveria ser — corrigiu Janet.

— Lamento — eu disse.

Nesse momento, a campainha do elevador tocou no meu andar.

— Ora, vamos — disse Janet —, só uma olhadinha.

Eu saí do elevador.

— Tenham um bom dia, senhoras.

Quando a porta do elevador se fechou, ouvi Janet dizer:

— Pegue o número do quarto dele, Doris. Esse homem é gostoso.

Na manhã seguinte, eu desci e comi no restaurante do hotel. Ainda havia alguns chapéus vermelhos ao redor, mas as mulheres pareciam cansadas, como se tivessem tido uma noite de farra.

Deixei o hotel por volta de oito horas, voltando à 29, rumo ao sul. A estrada passava por uma área industrial, e minha caminhada foi consideravelmente desacelerada. Passei um bocado de tempo fazendo manobras entre rampas, buscando vias paralelas à via expressa. Foi uma caminhada difícil, mas, às vezes, não há rota fácil.

Eu tinha andando doze quilômetros, até uma cidade com o nome fantástico de Tea (Chá), antes que a obra terminasse e o tráfego começasse a ficar escasso. A paisagem novamente se transformou em planícies, que fiquei contente em voltar a ver. Naquela noite, eu dormi embaixo de um elevado. Tinha sido um dia tedioso, e eu estava exausto. Não sei por que alguns dias são mais difíceis que outros, mas eu tinha pensado em McKale o dia todo, e meu peito doía de solidão. Eu estava contente de finalmente dormir.

CAPÍTULO

Dezessete

Não se pode julgar alguém por sua cidade de origem, assim como não se pode julgar um livro pela loja onde ele é vendido. No entanto, ainda fazemos isso.

✦ Diário de Alan Christoffersen ✦

Ao longo dos quatro dias seguintes, percorri a distância entre Sioux Falls e Sioux City com pouca coisa sobre a qual valesse a pena escrever. Depois de Sioux City, minha próxima cidade grande era St. Joseph, a aproximadamente 360 quilômetros de distância. Em meu ritmo de então, eu chegaria em dez dias.

A via expressa saindo de Sioux City estava muito movimentada e era muito estreita para passar com segurança, por isso caminhei ao longo do Rio Floyd, o que foi lindo, com sua margem de areia.

As divisas estaduais convergiam em minha rota de saída da cidade e, por boa parte do dia, eu não tinha certeza se estava em Iowa ou Nebraska. Eu poderia ter resolvido o dilema consultando meu mapa, mas realmente não fazia diferença. Eu sabia que estava no caminho certo, e, no fim das contas, isso era tudo que importava.

Ao longo dos sete próximos dias, segui pela I-29 rumo ao sul. A estrada seguia por Iowa pela maior parte do tempo, mas, ocasionalmente, ela cruzava a divisa estadual de Nebraska, como fazia com Omaha.

Essa parte do país me parecia antiga e boa, talvez um reflexo das alegações de fama da região. O oeste de Iowa nos deu Donna Reed — modesta esposa de Jimmy Stewart em *A Felicidade Não Se Compra (It's a Wonderful Life)* —, o grande maestro Glenn Miller e o artista Andy Williams, de *Moon River*, uma canção que eu só conhecia porque nós a interpretamos na turma da Srta. Rossi, na segunda série.

A região não contribuiu apenas para o caldeirão cultural americano com atores e músicos. Uma das cidades por onde passei foi Onawa, o lugar onde foram inventados as Eskimos Pies, por um imigrante dinamarquês chamado Christian Kent Nelson — um professor escolar e dono de uma loja de doces. (*Uma combinação encantadoramente congruente*, pensei.) Nelson teve a ideia da Eskimo Pie em 1920, quando uma criança, em sua loja, não conseguia se decidir entre um sorvete ou uma barra de chocolate. Ele acabou patenteando o doce e fez um acordo com Russell C. Stover, o magnata do doce, para produzir a iguaria congelada, sob o nome de Eskimo Pie. No auge de sua popularidade, mais de um milhão de Eskimo Pies eram vendidas diariamente nos Estados Unidos. O sonho americano é feito de coisas assim.

Enquanto caminhava, eu tinha a sensação de estar descobrindo um lado da América que estava perdido para a mídia ou, pelo menos, ignorado, excluído como se fosse inconsequente. Conforme eu viria a descobrir nas semanas seguintes, essas cidadezinhas abrigaram as centelhas de algumas das maiores ideias do mundo. Os residentes de grandes metrópoles tendem a menosprezar os que vêm de cidades menores, até mesmo quando falham na cidade grande. Eu tive um empregado do Brooklyn que me disse que estava em sua aula de motorista quando o professor informou à turma que, por conta de tantos roubos de carros, a região deles tinha os seguros mais caros do país. Quando ele anunciou isso, alguns dos alunos bateram palmas e espalmaram as mãos uns dos outros. Por mais que essa mentalidade seja estúpida, acho que nunca foi diferente. As pessoas tendem a se agarrar ao que podem para se sentirem superiores, seja com uma marca, um time de futebol ou até uma localidade.

A caminhada desses dias não foi ruim. Eu passei por grandes campos organizados e salpicados de lavanda, sempre agradáveis de olhar — no mínimo, idílicos.

Oitenta quilômetros depois de Omaha, eu caminhei por dentro de Sidney, Iowa, que se proclama a Cidade-Rodeio dos EUA. Sidney é uma cidadezinha esperta, com uma barbearia, um café e dois escritórios de advocacia — o que me pareceu excessivo, até que me lembrei de uma história que meu pai uma vez me contou: era sobre uma cidade que só tinha um advogado que quase passava fome, até que outro se mudou pra lá e os dois ficaram ricos.

No centro de Sidney, parei num mercadinho para me abastecer de comida e água. Eu era o único cliente na loja, e a funcionária solitária do mercado, uma mulher atraente, de trinta e poucos anos, estava sentada ao caixa, lendo uma revista da gôndola, quando eu me aproximei com as minhas compras. Ela deixou a revista de lado e sorriu pra mim. Ela tinha cabelos louros curtos, emoldurando um rosto bonito e delicado, com feições marcantes, olhos amendoados, maçãs do rosto saltadas e um nariz ligeiramente arrebitado. Em contraste com seus cabelos louros, ela tinha olhos castanhos e sobrancelhas escuras.

— Gostei do seu chapéu — disse ela, enquanto registrava meus produtos.

— Faz meu cabelo parecer mais curto — eu respondi.

Ela sorriu.

— Não faz, não.

Retribuí o sorriso.

— Bem, pelo menos não deixa o sol bater no meu rosto enquanto estou caminhando.

— Pra onde você está caminhando?

Eu peguei um pacote de chiclete e um tubinho de bálsamo labial da prateleira ao lado do caixa e incluí nas minhas compras.

— Key West, Flórida.

Ela ergueu as sobrancelhas.

— Nossa. Está bem distante da Flórida. Na verdade, daqui, você está bem distante de qualquer lugar. Onde começou sua caminhada?

— Seattle.

— Seattle. — Ela pensou a respeito. — Então você está perto da metade, não é?

— Bem perto.

— Aposto que está na metade — disse ela. — O que tem lá em Key West?

Eu sacudi os ombros.

— Areia, eu acho.

— Areia?

— Acho que sim. É por isso que estou caminhando. Pra descobrir o que tem lá.

Ela sorriu.

— Gostei da sua resposta.

— Então, há algum hotel ou pousada na cidade?

— Lamento. Por aqui não. O mais perto seria em Nebraska City, mas você está indo na outra direção, não está? Provavelmente, St. Joseph. Fica a cerca de cento e sessenta quilômetros daqui.

— Obrigado. Vou simplesmente arranjar um lugar para acampar. Tem algum parque por aqui?

Ela inclinou ligeiramente a cabeça.

— Um parque? Não. Mas você pode ficar em nossa casa. Minha casa é legal.

— Você tem um quintal onde eu possa acampar?

— Temos, mas eu não quis dizer que você tem que acampar. Pode ficar no quarto de hóspedes.

Fiquei surpreso com sua oferta. Isso nunca teria acontecido em Seattle.

— Não quero atrapalhar.

— Não tem problema. Francamente, nós adoramos visita. Seria a coisa mais empolgante que aconteceu aqui o ano inteiro. Além disso, essa noite eu vou fazer espaguete com molho de mariscos à moda Chairman of the Board.

— Chairman of the Board?

— É uma das receitas do Emeril. Sou meio fã dele. Na verdade, sou uma grande fã. Adoro cozinhar.

— Eu seria um tolo em dispensar isso. — Olhei para sua mão e vi que ela usava um anel grande de casamento, com brilhantes e uma esmeralda.

— Tem certeza de que não terá problema com seu marido?

— Matt não se importará. Ele é bem tranquilo. Gosta de gente.

— Tudo bem. Você me convenceu.

Ela pareceu feliz.

— Ótimo. Eu saio às seis. — Ela olhou o relógio. — Daqui a aproximadamente quarenta minutos. Se você não se importar de esperar, eu te levo de carro comigo.

— Obrigado. Vou esperar lá fora.

— Você não precisa fazer isso — disse ela. — A menos que queira. Aqui não tem movimento. — Ela estendeu a mão. — Sou Analise.

— Alan — eu disse.

— É um prazer conhecê-lo, Alan.

— Você é de Sidney?

— Não. Meu marido que é. O pai dele é dono de alguns milhares de hectares a leste daqui. Ele cultiva milho.

— Tem muito disso por aqui.

— É, tem muito milho por aqui.

— De onde você é? — eu perguntei.

— Nasci em Tabor, a cerca de dezesseis quilômetros daqui. Você provavelmente passou por lá.

— Passei. Foi... singular.

— Singular — disse ela, sorrindo. — Essa é uma descrição de tato.

— Você tem filhos?

— Dois. Christian e Casey. Christian tem sete anos e Casey tem cinco.

Nesse momento, uma mulher entrou no mercado. Ela era grande, de rosto avermelhado e vestia um conjunto de corrida azul aveludado. Caminhava ofegante.

— Olá, Analise.

— Oi, Terry.

— Só preciso pegar chocolate em pó — disse ela, passando pelo balcão. Ela gritou pra trás: — Eu me esqueci que deveria fazer brownies para a reunião de escoteiros de Aiden, amanhã à tarde.

— Está no terceiro corredor.

— Achei. O Christian vai à reunião?

— Ele estará lá — disse Analise. Ela se virou de volta pra mim. — Onde estávamos?

— Em Sidney — eu disse. — Você conhece todos da cidade?

Um sorriu torto apareceu em seu rosto.

— Conheço o *negócio* de todos da cidade. Não se tem segredos numa cidade tão pequena assim. — Ela se inclinou à frente e sussurrou: — Eu poderia lhe dizer coisas sobre Terry que o deixariam de cabelo em pé.

Olhei a mulher no corredor.

— Por favor, não — eu disse.

Ela riu.

— Está bem.

Um minuto depois, Terry veio até o balcão. Dentro da cesta, ela tinha brownie e glacê enlatado. Também carregava um saco de marshmallows torrados de coco.

— Então, resolveu seguir pelo caminho mais fácil — disse Analise, checando os preços dos produtos.

— Ah, pra que ter trabalho? Ainda tenho que fazer o jantar. Alguma ideia do que poderia fazer para o Ben essa noite?

— O Hambúrguer Helper geralmente é um bom truque.

— É, bem, o médico disse a ele que nós precisamos cortar a carne vermelha. Ele está gordo demais. Então, qual é o seu segredo, boneca? Você está sempre com essa aparência de um milhão de dólares no banco. — A mulher se virou pra mim. — Diga-me, essa mulher é deslumbrante ou deslumbrante?

Eu concordei.

— Ela é deslumbrante.

Analise revirou os olhos.

— Por favor, vocês estão me deixando constrangida.

A mulher ainda estava me olhando. Ela estendeu a mão.

— Terry Mason, como o antigo programa de TV.

— Refere-se a Perry Mason?

— Exatamente. Como vai?

Eu peguei a mão dela, imaginando o que poderia ser tão escandaloso sobre aquela mulher que me deixaria de cabelo em pé.

— Alan Christoffersen.

— Está visitando ou só de passagem?

— Só de passagem — eu disse.

— Talvez você deva ficar um tempo. O resto dos Estados Unidos pode estar indo pro brejo, mas Sidney é uma rocha na tempestade. Uma joia na coroa da América.

— O Sr. Christoffersen está atravessando o país a pé — disse Analise.

— Oh, Senhor. Talvez eu devesse mandar Ben com você. Ele teria que dar a volta ao mundo para voltar ao peso de luta. — Ela se virou de volta para Analise. — O que você vai cozinhar essa noite, querida?

— Espaguete com molho de mariscos.

— Ora, mas como estamos chiques.

— É uma das receias de Emeril.

— Bem, você sabe que eu adoro Emeril, ocasionalmente, mas pode me servir Paula Deen qualquer dia. A mulher não tem medo de manteiga.

Analise riu.

— Não, não tem. — São seis dólares e quarenta e nove.

— Aqui está — disse ela, entregando a nota.

— De dez. São três e cinquenta e um de troco.

— Coloque o centavo naquela tigelinha, meu bem.

— Está bem.

— A diarreia de Casey está sob controle? — perguntou Terry.

Analise corou.

— Sim, já faz alguns dias.

— Você tentou a sopa de cenoura? Sopa de cenoura e arroz integral fazem maravilhas para o *piriri*. Açafrão também.

— Ela está bem. Eu comprei Imodium.

— Isso também funciona. Diga ao Christian para não se esquecer de trazer o lenço à reunião, nós vamos fazer anéis de lenços. Tenha uma boa noite. — Ela se virou pra mim. — O senhor também, Sr. Christoffersen. Tudo de bom em sua caminhada.

— Obrigado — eu disse, dando um sorriso.

Ela foi embora. Analise suspirou.

— Como eu estava dizendo, Sr. Christoffersen. Não há segredos em Sidney.

— Claramente.

Às seis e cinco, outra mulher entrou na loja. Ela era mais nova que Analise e vestia um jeans Wrangler apertado e uma camisa aberta por cima de um top.

— Desculpe, estou atrasada, Lise. Hora do rush.

— Hora do rush em Sidney é um urso — disse Analise. — Não se preocupe com isso. *Ciao*.

— Tenha uma boa noite — a jovem disse a Analise, me olhando, desconfiada.

— Vamos — disse Analise. Ela pegou a bolsa e um saco plástico de compras.

— Posso ajudar com isso? — perguntei.

— Obrigada.

Ela me entregou o saco plástico, que tinha espaguete, um pão francês e latas de molho de tomate. Eu a segui até uma caminhonete Ford Ranger marrom.

— Esse é meu transporte — disse ela, abrindo a porta com o controle remoto.

Joguei a mochila na caçamba e entrei do lado do passageiro.

Analise ligou o motor, e a trilha sonora de *Moulin Rouge* começou a tocar. Ela estendeu o braço e desligou o CD.

— Eu moro a apenas um quilômetro daqui. — Ela saiu de ré da vaga e fez uma conversão em U no meio da rua principal. Pensei na desculpa da jovem por estar atrasada.

— Hora do rush? — eu disse.

Ela assentiu.

— É o código para o namorado dela. O nome dele é Rush.

A casa de Analise era incrivelmente grande e bonita, uma casa vitoriana de dois andares, pintada de amarelo, com sancas brancas, persianas de tom vermelho escuro e uma varanda térrea que contornava a casa toda. Havia uma grande bandeira americana pendurada num dos mastros da varanda.

— Sua casa é linda — eu disse. — Minha esposa teria adorado.

— Você é casado?

— Fui. Ela faleceu.

Analise me olhou com verdadeira compaixão.

— Eu lamento muito.

Ela encostou a caminhonete ao lado da casa, e nós dois descemos. Tirei a mochila da caçamba da caminhonete, enquanto Analise esperava por mim. Conforme nos aproximávamos da varanda da frente, uma garotinha veio correndo.

— Mama!

— Oi, Case. — Analise se agachou e abraçou a menina. — Como foi a escola?

— Um tédio — disse ela. — E o Kyle tirou meleca na frente de todo mundo.

— Bem, isso não parece tão tedioso — disse ela, se levantando. Ela me olhou e sorriu. — A vida de glamour de uma mãe.

— Quem é você? — Casey me perguntou.

— Eu sou Alan.

— Alan?

— Sr. Christoffersen — disse Analise.

— Oi, Sr. Christoffersen. Vai jantar conosco?

— Acho que vou — eu disse.

Ela sorriu.

— Bom. — Ela se virou e correu pra dentro de casa.

Analise e eu entramos atrás dela. Dava pra ouvir a garotinha gritando:

— Christian, a mamãe chegou. E ela trouxe gente.

Analise se virou pra mim, afastando uma mecha de cabelo do rosto.

— Desculpe, é uma grande novidade quando alguém nos visita. Não temos muitos visitantes aqui, tão longe da Terra.

Nós entramos em casa.

— Desculpe, está bagunçado, eu tenho trabalhado extra ultimamente.

— Aqui é muito bonito — eu disse.

Ela sorriu.

— Obrigada. O quarto de hóspede é bem ali, ao lado da copa. Você provavelmente está cansado. Se quiser descansar ou tomar um banho, eu vou levar uns quarenta minutos para aprontar o jantar.

— A que horas o seu marido chega?

— Nunca se sabe — disse ela. — O trabalho de um agricultor nunca termina. Trabalhar para a família ainda piora as coisas. Eu já parei de esperar por ele.

— Ficarei feliz em ajudá-la a cozinhar. Não sou um mau cozinheiro. Quer dizer, não sou Emeril, mas sei ferver água.

Ela assentiu.

— Ótimo. Está contratado. A cozinha é bem ali, por aquela porta.

— Vou me lavar — eu disse.

Levei a mochila até o quarto que Analise tinha indicado. O quarto de hóspedes era diferente e arrumado, o tipo de quarto que você espera encontrar numa pousada. Tinha uma cama branca de colchão alto com quatro mastros. Havia fotos das crianças nas paredes. A foto maior era um retrato da família inteira. Eu imaginei que a fotografia fosse relativamente antiga, pois Casey ainda era bem pequena. Matt, marido de Analise, era alto e musculoso. Achei que ele se parecia mais com um caubói do que com um fazendeiro. Ele era bonito. Na verdade, a família inteira era bem bonita.

Lavei o rosto e as mãos, depois voltei à cozinha. Analise tinha colocado um avental e estava em pé, na frente do fogão, fritando alguma coisa numa frigideira. Ao lado dela, havia uma panela grande em cima do fogo aceso. O ambiente já tinha um cheiro maravilhoso de alho.

— O cheiro está delicioso — eu disse. — O que gostaria que eu fizesse?

— Importa-se em me ajudar a fritar o alho?

— Sem problemas — eu disse.

Ela se afastou do fogão.

— Ótimo. Vou aprontar os mariscos e a pimenta. O alho só deve fritar por alguns minutos. Quando você terminar, nós vamos acrescentar a pimenta vermelha moída e cozinhar por mais dois minutos. — Ela foi até a bancada e colocou os mariscos e a pimenta numa tigela, depois os trouxe até mim. — O alho já deve estar bom.

— Parece bom — eu disse.

Ela despejou sua vasilha em minha panela. Os mariscos fritaram ruidosamente.

— Certo, você sabe fazer *sauté*?

— Só mexer, certo?

— Certo. — Ela saiu, depois voltou com uma xícara de vinho branco, que também despejou na minha panela. — Tudo bem, apenas deixe isso cozinhar até que o vinho evapore um pouquinho, depois nós acrescentamos o molho de tomate. Vou adiantando o macarrão. — Ela abriu um pacote de espaguete e o virou na água fervendo.

— Acho que está pronto para o molho de tomate — eu disse.

Ela deu uma olhada.

— Acho que você está certo. Só despeje tudo aí dentro.

Eu peguei a lata e acrescentei o molho à mistura que estava fritando. O cheiro estava delicioso.

— Por quanto tempo eu deixo cozinhar? — perguntei.

— Segundo Emeril, só até que os mariscos comecem a abrir. — Ela me olhou. — Você é de Seattle; provavelmente faz mariscos toda hora.

— Não — eu disse. — Mas eu adoro creme de mariscos.

Ela mexeu um pouquinho o macarrão, depois foi até a porta e gritou — Casey, vem cá.

Em um instante, a garotinha entrou na cozinha:

— O quê, mama?

— Onde está Christian?

— No quarto dele. Está jogando videogame.

— Você pode dizer a ele para descer e vir ajudá-la a pôr a mesa?

— Está bem.

Alguns minutos depois, ela voltou com o irmão a tiracolo. Christian tinha cabelos louros compridos e um franzido excessivo no rosto.

— Eu estava jogando Xbox.

— Está na hora de comer.

— Não estou com fome.

— Eu não perguntei — disse ela. — Ajude Casey a arrumar a mesa.

Ele revirou os olhos e saiu. Analise sacudiu a cabeça.

— Não se pode viver com eles, nem trancá-los no porão.

Ela colocou as luvas térmicas, depois abaixou ao forno e tirou uma bandeja de pão de alho. Colocou a forma em cima da bancada e empilhou o pão num prato. Depois, ergueu um pedaço e o levou à boca.

— Experimente isso.

Eu ia dar uma mordida, mas ela o afastou de mim.

— Está quente — disse. — Você precisa soprar primeiro.

Eu soprei o pão, depois dei uma mordida.

— Está bom.

— Eu uso sal com alho, depois acrescento queijo parmesão. — Ela também deu uma mordida, depois colocou o pedaço no balcão. — A massa deve estar pronta. — Ela enfiou um garfo de madeira na panela e pescou um fio de macarrão, levando-o à boca. — Perfeito. *Al dente*.

— *Al dente*?

— Significa que não está muito cozido. Agora, se você levar o pão até a mesa, eu escorro o macarrão.

Levei o prato de pão até a sala de jantar. Casey colocava os talheres ao lado dos pratos, enquanto o irmão estava sentado no chão, perto da parede, brincando com um videogame de mão.

— O Christian não vai me ajudar — disse Casey.

— Claro que vai — eu disse. — Não vai? Ele nem ergueu os olhos do jogo.

— Não.

Eu coloquei o pão na mesa. — Ora, vamos, Christian — eu disse. — Dê uma mão à sua irmã.

Ele olhou para cima, me fulminando.

— Quem é você?

— Sou Alan.

— Você não é meu chefe, Alan. — Ele voltou ao jogo.

Honestamente, meu primeiro instinto foi socar o garoto, mas eu duvido que isso teria feito sucesso com seus pais. Incerto quanto à melhor forma de lidar com a situação, eu apenas voltei à cozinha. Analise estava escorrendo o macarrão num escorredor de plástico, na pia. O vapor subia à sua volta.

— Precisa de uma mão? — perguntei.

— Não, já foi. — Ela virou toda a massa, deixando um pouco de água na panela. — Sempre se deixa um pouquinho de água, caso o macarrão fique seco demais.

— Entendi — eu disse. — Emeril?

Ela assentiu.

— Emeril. — Ela levou o escorredor até o fogão, onde misturou o macarrão e o molho. Depois virou-se pra mim, com um sorriso satisfeito. — Está pronto.

Ela serviu a massa numa travessa grande de cerâmica, e nós dois fomos até a mesa. Christian deu um sorriso de deboche quando viu a massa.

— Posso comer Cap'n Cruch?

— Não.

— Posso comer Lucky Charms?

— Não. Você não pode comer cereal. Eu fiz espaguete.

— Parece nojento. Parece vômito.

Analise corou.

— Não fale assim.

— Você não pode me obrigar a comer isso.

Dava pra ver que Analise estava fazendo tudo para não perder a calma.

— Você vai comer.

— Não vou, não.

— Então, pode ir para o seu quarto com fome. Vá.

Ele a encarou, depois afastou a cadeira da mesa.

— Tudo bem. Não quero comer essa porcaria mesmo. — Ele deu uma olhada odiosa pra mim, depois subiu a escada como um raio.

— Ele é malvado — disse Casey.

Analise estava constrangida.

— Desculpe — ela me disse.

— Eu não saberia lidar com isso — eu falei.

— O quê?

— Ser pai.

— Bem, aparentemente, nem eu — disse Analise.

— Você é uma boa mãezinha — disse Casey.

Analise sorriu, sem jeito.

— Obrigada, meu bem. Você se importa em fazer a prece de agradecimento?

— Está bem. — Ela esticou o braço e pegou a mão da mãe. Analise esticou o dela e pegou a minha mão. — Deus é bom, Deus é ótimo. Abençoe a comida que comemos. Amém.

— Amém — eu disse.

— Amém — disse Analise. — Obrigada.

— De nada, mama.

Eu sorri. Casey era realmente uma garota lindinha.

Analise serviu a massa em nossos pratos. Estava delicioso, embora fosse meio exótico para o paladar de uma criança. Depois de alguns minutos, Casey disse:

— Mãe, posso já ter terminado?

Analise olhou o prato de Casey.

— Você não comeu muito.

— Desculpe.

— Você não gostou?

Ela não disse nada. Analise suspirou.

— Tudo bem. Por que não faz um sanduíche de manteiga de amendoim? Leve um para o Christian também.

— Está bem.

— Depois se apronte para a cama. Não se esqueça de escovar os dentes.

— Tá.

Quando Casey saiu, Analise virou-se pra mim, com uma expressão de irritação.

— Por que eu me importo?

— As crianças não sabem o que é bom — eu disse. — Quando eu era pequeno, meu vizinho tinha um abacateiro. Nós achávamos aquilo a coisa mais nojenta do mundo. Atirávamos os abacates uns nos outros. Agora, eu pago dois dólares por um.

— Eu sei. Eles ficariam mais felizes se eu servisse uma tigela de cereal toda noite. Isso facilitaria muito a minha vida.

— Seu marido talvez tenha algo a dizer sobre isso.

Ela franziu o rosto.

— O negócio é que não estou tentando a saída mais fácil. Eu chego em casa do trabalho, estou exausta, mas tenho que cozinhar, lavar a louça. Nunca acaba.

— É como dizem: "O trabalho de uma mãe nunca está terminado".

— Só quando você morre — respondeu Analise. — Então você tem a eternidade para pensar em tudo que fez de errado e como estragou seus filhos.

— Isso soa como um bom argumento para o controle da natalidade.

— Há momentos em que eu acho que o Departamento de Planejamento de Maternidade e Paternidade poderia me seguir por aí, com uma câmera, e usar o vídeo para evitar que as mulheres jovens engravidassem.

Eu sorri.

— Bem, acho que você faz um trabalho muito bom. Seu marido ajuda bastante em casa?

Ela pareceu não gostar da pergunta.

— Quando está presente — disse ela.

— Só pra constar, seu espaguete está fantástico. O próprio Emeril não teria feito melhor.

Ela sorriu com isso.

— Você acha?

— Bam! — eu disse.

Ela riu.

— Você realmente sabe quem é o Emeril. Achei que você estivesse fingindo.

— Nem sempre morei numa caverna — eu disse. — Sei até quem é Paula Deen.

— Agora, eu estou realmente impressionada. — Ela olhou para baixo, para o meu prato vazio. — Gostaria de mais massa?

— Gostaria, mas geralmente tento parar depois do terceiro prato.

— Está bem. — Ela me olhou. — Você se importa se eu perguntar algo sobre sua esposa?

— Não.

— Se não quiser falar dela, eu entendo.

— Tudo bem.

— Como você a perdeu?

— Nós morávamos numa casa com trilha equestre. Um dia, ela estava montando, o cavalo se assustou e a arremessou. Ela quebrou a coluna.

A expressão dela mostrava angústia.

— Eu lamento muito. Ela morreu instantaneamente?

— Não. Ela pegou uma infecção. Morreu um mês depois.

— Eu lamento muito mesmo — ela disse, novamente. Olhou para baixo por um momento. — Eu já pensei se seria melhor ver um ente amado morrer ao longo do tempo ou simplesmente perdê-lo, sem jamais ter dito o que você gostaria de dizer.

— Vê-la morrer não foi fácil. Mas nós dissemos tudo que precisávamos dizer. Acho que se eu tivesse que passar por isso de novo, eu escolheria ter esse tempo a mais, juntos. Mas era ela quem estava com dores, então acho que sou egoísta.

— Eu não acho que isso seja egoísta. Acho que é bonito. — Ela olhou para seu prato. — Acho que eu também escolheria ter tempo.

A conversa parou, engolida por uma nuvem de tristeza. Depois de um momento, Analise disse:

— Isso meio que estragou o astral. Desculpe ter tocado no assunto.

— Não, é bom falar sobre isso às vezes. Eu carrego muitos sentimentos e nunca tenho a chance de extravasá-los. Às vezes, acho que vou explodir.

— Quanto tempo depois que ela faleceu, você decidiu caminhar?

— Dois dias depois de seu enterro. Enquanto eu tomava conta dela, perdi minha empresa e nossa casa. No dia seguinte ao enterro, o banco me deu uma intimação dizendo que eles estavam tomando a minha casa.

— Que horrível.

— É, foi. Eu não tinha mais nada lá me segurando, então simplesmente arrumei minhas coisas e comecei a caminhar.

— Eu sei que perguntei antes, mas, realmente, por que Key West?

— Era o local mais distante no mapa.

Ela deixou minhas palavras se acomodarem. Depois, disse baixinho:

— Eu entendo melhor do que você imagina. — Ela forçou um sorriso. — E antes de começar a andar, o que você fazia?

— Eu tinha uma agência de publicidade.

— Foi essa empresa que você perdeu?

Eu assenti.

— Sim.

Ela subitamente sorriu.

— Você usava o cabelo comprido assim quando era um homem de negócios?

— Não, acredite ou não, eu tinha uma aparência respeitável. Cabelo curto, bem barbeado, ternos Armani e camisas Brooks Brothers bem engomadas. Você meio que deixa tudo pra lá quando pega a estrada.

— Mas deu certo. Acho que fica um visual bem rústico. Você parece um daqueles caras das capas dos romances que nós vendemos lá na loja.

— Está dizendo que eu pareço Fabio?

Ela inclinou a cabeça sorrindo abertamente.

— Talvez, um pouquinho. Você não é italiano. E não é tão sarado.

— Não sou sarado como o Fabio?

— Não me entenda mal, você está em boa forma, só não...

— Eu sei. Não sou tão sarado como o Fabio.

Ela riu torto.

— Desculpe.

— Bem, eu não sou o Fabio — eu disse. — Mas sei fazer duas coisas que o Fabio não sabe.

Ela se inclinou à frente.

— Ora, me conte.

— Primeiro, eu sei usar palavras que têm mais de uma sílaba. E segundo — eu disse, fazendo uma pausa pra causar um impacto dramático —, eu lavo louça.

Ela resfolegou.

— Nossa. Isso é sedutor. Acho que você acabou de ultrapassar o Fabio.

— Eu achei que sim — eu disse.

— É mesmo? Você lava louça?

— Sim, lavo. Venha — eu disse, me levantando. — Vamos arrumar tudo.

Ela se levantou.

— Você realmente não precisa ajudar.

— Ah, que bom, porque, por um segundo, eu achei que você estivesse colocando uma arma na minha cabeça, me obrigando a lavar a louça. Já que não está, eu vou ler ou fazer alguma coisa enquanto a mãe exausta de duas crianças, que trabalha em horário integral e fez esse jantar incrível e me convidou pra ficar em sua casa, limpa tudo pra mim. Sim, eu vou me sentir muito bem com isso.

Analise riu.

— Tudo bem, você provou sua opinião. Você lava, eu seco e guardo.

Nós levamos nossos pratos para a cozinha e depois, enquanto ela enchia a pia com água quente, eu limpei o resto da mesa.

— O que quer fazer com isso? — eu disse, carregando a travessa de macarrão, ainda pela metade.

— Vamos apenas colocar papel filme em cima e guardar na geladeira. O plástico está naquela gaveta ali, a terceira.

Eu abaixei para abrir a gaveta.

— Você não quer fazer um prato para o seu marido primeiro?

Ela me olhou intrigada.

— O quê?

— Achei que você talvez quisesse... — Ao olhar pra ela, eu subitamente entendi. Levantei e coloquei a travessa de lado. — Não tem marido algum...

Em princípio, ela não respondeu. Depois, ela disse:

— Claro que eu tenho um marido. Tem uma fotografia de nós no seu quarto.

— É uma foto antiga.

Ela não disse nada.

— O que aconteceu com ele?

Ela só ficou ali em pé, me olhando, ansiosamente. Nenhum de nós falou por alguns minutos. Então, ela sacudiu a cabeça.

— Desculpe. Eu... — Ela respirou fundo, depois soltou o ar lentamente. — Eu realmente não podia convidar um estranho para minha casa.

— A foto no meu quarto...

— Foi tirada três semanas antes de ele ser morto. Três anos atrás.

— Como ele foi morto?

— Trabalhando. Ele sofreu um acidente com a máquina de ceifar. Um dia, saiu pra trabalhar e não voltou.

Subitamente, tudo fazia sentido. O interesse dela em McKale; nossa discussão sobre perder um ente querido de repente ou com o tempo; o comportamento de seu filho.

— Como o seu filho está lidando com isso?

— Ele está muito zangado. Acho que às vezes ele me culpa. Eu sei que não é racional, mas ele é uma criança.

— Como você está encarando?

Ela sacudiu a cabeça.

— Nada bem. Você sabe como é. Dá pra ver por que você quis sair andando. Tem sido difícil viver nessa cidadezinha.

— Por que você não se muda?

— Não tenho para onde ir. Meus amigos estão todos aqui ou em Tabor, e meus irmãos estão na mesma situação financeira que eu.

Meus pais não podem ajudar. Eles perderam a fazenda alguns anos atrás e agora vivem da ajuda do governo, em Omaha. Eu também estaria vivendo se não fosse pelos pais de Matt. Nós não tínhamos nenhum seguro de vida. Matt dizia que isso era um desperdício de dinheiro, já que seus pais tinham tanto, e se algo acontecesse, eles cuidariam de nós.

— E eles cuidam?

— Sim, mas tem um preço. Eles não me deixam ir embora.

— Como podem impedi-la?

— Como vão deixar de fazê-lo? Se eu for embora, eles param de me ajudar.

— Eles disseram isso?

— Diretamente — disse ela.

— Você poderia vender a sua casa?

Ela sacudiu a cabeça.

— Nesse mercado não. Acredite, não tem muita gente se mudando pra Sidney. Além disso, meus sogros são donos da casa. Nós pegamos o dinheiro emprestado com eles. — Ela suspirou. — Estou empacada. Não tenho habilidades, então eu teria que trabalhar em tempo integral só pra sobreviver numa espelunca, enquanto outra pessoa cria meus filhos.

— Não tenho a intenção de ser grosseiro, mas você poderia se casar novamente.

— Não em Sidney. Os homens são casados ou têm o dobro da minha idade ou uma razão clara para não terem se casado. Eu só estaria trocando um problema por outro.

— Então você está empacada.

Ela assentiu.

— Meus sogros querem que eu fique empacada. Uma amiga me disse que minha sogra disse à mãe dela que eles não querem que eu me case outra vez. Eles acham que seria confuso demais para as crianças, e ela tem receio que eu leve os netos embora. Mas eu acho que vai além disso. Meus sogros ficaram realmente arrasados com a morte de Matt. Hank, meu sogro, estava dirigindo a máquina quando Matt foi morto. Acho que ele se culpa.

"O que torna as coisas ainda mais complexas é o fato de que o pai de Hank morreu jovem e a mãe dele nunca mais se casou. Pelas coisas que ele disse, acho que ele acredita que se eu me casasse de novo, seria como desonrar Matt. Por isso, eles me obrigam financeiramente a fazer o que querem."

— Isso não está certo — eu disse.

— Não, é passivo-agressivo. É como Hank e Nancy obtêm o que querem e ainda cantam no coral da igreja, todo domingo, de consciência tranquila. — Ela suspirou. — Eu lamento despejar tudo isso em você. Mas é tão bom ter alguém com quem conversar. Não há ninguém aqui pra quem eu possa dizer isso sem que chegue aos ouvidos deles. Peço desculpas por ter mentido pra você.

— Não, você está numa situação difícil. Eu entendo.

Nós dois ficamos em silêncio por um momento. Finalmente, Analise olhou ao redor da cozinha e desamarrou o avental.

— Está tarde. Eu vou terminar a louça de manhã. Eu levo as crianças pra escola cedo, depois vou pro trabalho, portanto, se você resolver ficar dormindo, pode ficar à vontade pra tomar café. Tem fruta e iogurte na geladeira e cereal no armário.

— Tudo bem — eu disse. — Obrigado.

Ela ficou me olhando por um instante, depois sorriu triste.

— Boa noite, Alan. Foi legal ter sua visita.

— Boa noite, Analise. Obrigado por tudo.

Ela colocou o avental em cima da mesa e, com um último olhar pra mim, subiu para o seu quarto. Eu fui para o meu quarto e me deitei.

CAPÍTULO
Dezoito

Os encurralados estão menos preocupados com as regras do que com a fuga.

✧ Diário de Alan Christoffersen ✧

Não sei que horas eram quando acordei. Geralmente, não tenho o sono leve, mas eu acordei com uma luz fraca vindo de fora do meu quarto. Quando olhei, Analise estava em pé na porta, sua silhueta miúda contornada pela luz do foyer. Ela silenciosamente fechou a porta e caminhou até a lateral da cama. Eu fiquei ali deitado, olhando pra ela. Ela estava ofegante, mas não disse nada.

— Você está bem?

Por um instante, ela só ficou me olhando. Depois, ela ajoelhou ao lado da cama. Meu quarto estava banhado pela luz da lua, e eu pude ver seus olhos sombrios e solitários, repletos de mágoa.

— Não, não estou. — Ela respirou fundo. Então, olhando intensamente nos meus olhos, disse:

— Você faria amor comigo?

Por um instante, eu só fiquei olhando pra ela. Ela parecia vulnerável — linda, solitária e vulnerável. Meu corpo ansiava por ela, mas eu lentamente sacudi a cabeça.

— Não.

Ela baixou a cabeça. Depois de um instante, ela perguntou:

— Não sou bonita o suficiente?

— Não é isso — eu disse.

— Então o que é?

— Você não é minha.

Ela tocou meu braço. Uma lágrima escorreu por seu rosto.

— Serei sua essa noite — sussurrou ela. — Não **pedirei nada de** você. Não vou prendê-lo a nada. Eu prometo.

Eu me ergui, me apoiando no cotovelo.

— Analise...

— Eu só quero que alguém faça amor comigo.

Olhei em seus olhos.

— Eu entendo, mas não posso.

Depois de um momento, ela limpou os olhos com as costas da mão.

— Desculpe. Estou tão envergonhada.

— Quer que eu vá embora? — eu perguntei.

Ela estava olhando para baixo, mas sacudiu a cabeça.

— Não. — Ela esfregou os olhos. — Você deve **me achar horrível.**

— Não acho, não.

Ela ficou ajoelhada por mais um instante, depois **suspirou e se** levantou.

— Boa noite. — Ela foi indo em direção à porta.

— Analise — eu disse.

Ela parou e lentamente se virou. Seu rosto estava molhado de lágrimas.

— Volte.

Ela só ficou me olhando.

— Vem cá. Por favor.

Ela caminhou lentamente até a lateral da minha cama. Eu cheguei para o lado, abrindo espaço pra ela.

— Deixe-me abraçá-la.

— Mas...

Eu puxei os lençóis e peguei a mão dela.

— Deite-se. Eu só quero abraçá-la. — Ela se sentou e ergueu as pernas acima da cama, ao meu lado. Passei meus braços em volta dela, puxei-a bem junto a mim, nossos rostos, um ao lado do outro. Sussurrei em seu ouvido:

— Eu sei como é se sentir tão só que você nem se importa mais. Você é uma boa garota, só está sofrendo. Eu entendo. Eu sofro também. Eu também quero você. Mas não estou pronto para compartilhar algo que pertencia somente a McKale e a mim.

Ela estava olhando nos meus olhos. Foi como se um dique emocional tivesse se rompido, porque ela começou a chorar tanto que a cama sacudia. Abracei-a com força, até que o choro diminuiu. Ela finalmente parou e adormeceu.

Eu me inclinei e beijei seu rosto.

— Você é tão bonita — eu disse. Eu me deitei e dormi também.

CAPÍTULO

Dezenove

*Ela é uma rosa desabrochando
em meio aos campos de milho.*

✦ Diário de Alan Christoffersen ✦

Na manhã seguinte, acordei com os primeiros raios de sol entrando pela janela do quarto. Analise estava de frente pra mim, de olhos abertos. Ela tinha uma aparência suave e tranquila.

— Obrigada — disse ela, num tom pouco acima de um sussurro, com o hálito morno em meu rosto.

— Pelo quê? — eu perguntei.

— Por dizer não e por me abraçar.

— Você é linda — eu disse.

— Você também. — Ela parou. — Você acha que eu voltarei a vê-lo algum dia?

— Não sei.

— Espero que sim. Espero que algum dia você volte num cavalo branco para me salvar.

— Analise...

Ela pousou os dedos em meus lábios.

— Uma garota precisa de suas fantasias. — Ela deitou a cabeça em meu peito e encostou a coxa em mim. Seu calor e sua maciez eram deliciosos. Ela não era McKale, mas era adorável.

Depois de alguns minutos, Analise gemeu baixinho ao se afastar.

— Melhor eu me levantar, antes que as crianças acordem.

— Espere — eu disse. — O que você vai fazer agora?

— Aprontar as crianças para o dia.

Eu ri.

— Eu estava pensando com um pouquinho mais de abrangência.

— Tipo, com a minha vida?

Eu assenti.

— Não sei. Mas me sinto bem melhor. Não sentia essa paz desde a véspera da morte de Matt.

— Você o amava — eu disse.

— Com todo meu coração. — Ela tocou meu rosto. — Fico contente que sua caminhada o tenha feito passar por Sidney, Sr. Christoffersen.

— Eu também.

Ela se inclinou à frente, beijou meu rosto e saiu da cama. Ela me olhou da porta.

— Tchau.

Eu disse também:

— Tchau.

Ela saiu, fechando a porta. Eu suspirei, depois levantei e tomei banho.

Quando saí do quarto, as duas crianças estavam comendo tigelas de cereal, olhando para as caixas de cereal diante delas. Casey se virou e olhou pra mim

— Olá, Sr. Christoffersen.

— Olá, querida.

— Vai estar aqui à noite?

— Não. Vou continuar caminhando.

Ela franziu o rosto.

Christian nem olhou pra mim.

— E aí, Christian! — eu disse.

— O quê?

— Tenho uma coisa pra você.

Ele se virou e olhou pra mim.

— O quê?

Eu tirei meu canivete suíço do bolso.

— Achei que você poderia precisar disso.

Ele ficou sentando, olhando. Deu pra ver que ele queria, mas não tinha certeza de como aceitar o presente. Caminhei até a mesa e o coloquei ao lado de sua tigela.

— Vai ser útil nas suas atividades de escoteiro.

Ele assentiu.

— Mas é melhor não levar pra escola. Tenho certeza de que eles não gostam que os alunos levem canivetes pra escola.

Ele concordou novamente.

— Certo, então, cuide-se.

Mais uma vez, ele não disse nada.

Alguns minutos depois, Analise entrou na sala de jantar. Ela pegou a caixa de leite.

— Certo, garotos. Corram pro carro. Já estarei lá. Christian, não se esqueça da sua mochila.

— Está bem — disse ele. E olhou para mim. — Obrigado, Alan. — Ele tomou o canivete e foi pegar sua mochila.

Casey veio correndo me dar um abraço.

— Até logo, Sr. Chritoffersen. Obrigada por nos visitar.

Eu sorri.

— O prazer foi meu.

Ela foi pegar sua mochila e os dois saíram pela porta da frente. Analise me olhou curiosa.

— O que foi aquilo?

— Casey é uma garotinha meiga.

— Não, com Christian.

— Eu lhe dei um presente. Espero que não tenha problema. Um canivete suíço.

Ela sacudiu a cabeça.

— Ele vem me pedindo um há mais de ano. Eu sempre digo não.

— Desculpe — eu disse.

Ela sorriu.

— Tudo bem. Sou apenas superprotetora. Obrigada por fazer isso por ele.

— De nada.

— Só um minuto. — Ela saiu com a caixa de leite, depois voltou. E veio até mim. — Não sei o que dizer. Não posso acreditar que estou com vontade de chorar. Eu nem o conheço de verdade.

— Você me conhece melhor do que pensa. Nós fazemos parte do mesmo clube.

Ela assentiu.

— Eu gostaria de poder cancelar meu título.

— Todos nós gostaríamos.

Ela me olhou nos olhos.

— Obrigada por me dar esperança. — Ela tirou algo do bolso. — Você pode levar isso com você para Key West?

— O que é?

— É a pulseira que eu estava fazendo quando fiquei sabendo da morte de Matt. — Era um cordão preto simples, com uma medalhinha oval que dizia *Acredite*.

Eu fechei a mão o segurando.

— Obrigado.

— De nada. Se passar pela sua cabeça, me procure a qualquer hora. Você sabe onde me encontrar. — Nós nos abraçamos. Ela olhou meu rosto, limpando as lágrimas dos olhos.

— Tchau.

— Tchau, Analise.

Ela caminhou até a porta e então se virou.

— Apenas tranque a porta quando sair.

Eu assenti, e ela saiu. Fui até a varanda e fiquei olhando ela entrar na caminhonete. Ela me deu uma olhada enquanto dava ré. Casey acenou. Christian também. Então ela foi embora dirigindo.

Respirei fundo, exalando o ar lentamente. Fiquei imaginando se algum dia voltaria a vê-la. Olhei a pulseira que ela me deu e a coloquei no meu pulso. Depois voltei pra dentro. Peguei uma banana na bancada, a mochila e saí para a varanda. Chequei a porta pra ter certeza de que estava trancada.

Na beirada do quintal, parei e olhei pra trás, vendo a casa. *Apenas mais uma história sob o sol*, eu pensei. Então, me virei de novo para a rua. Levei menos de vinte minutos para atravessar e sair de Sidney.

CAPÍTULO

Vinte

*Sempre se pode confiar em um homem
usando um boné da John Deere.*

Diário de Alan Christoffersen

Na saída de Sidney, havia muitas obras na estrada e desvios que, às vezes, mesmo com meu mapa, me deixavam incerto quanto à direção em que eu estava indo. Meio parecido com a minha vida. Um desvio me levou a uma estrada que nem sequer aparecia no meu mapa. Depois de andar durante uma hora por uma estrada estreita de duas faixas, um homem encostou uma picape Dodge vermelha ao meu lado. Ele era mais ou menos da minha idade e estava com um boné da John Deere. Ele abaixou o vidro. — Você está indo na direção errada.

— Como sabe disso? — eu perguntei.

— As únicas pessoas que vão pra lá são as que moram lá. Para onde está indo?

— St. Joseph.

— É, sabe aquela última estrada pela qual você passou cerca de oitocentos metros atrás?

— A de terra?

Ele assentiu.

— É. É ela que você tem que pegar. É de terra só por uns cem metros, depois é asfalto de novo. Ela segue para o sul e volta a convergir com a 29. Estou indo naquela direção, posso lhe dar uma carona.

— Obrigado, mas me comprometi a caminhar.

— Bom pra você — disse ele. — Lembre-se, volte oitocentos metros e entre na estrada de terra. Não tem placa e tem uns trechos meio ruins, mas não se assuste com isso. Quando você chegar a um T, na estrada, vire à direita. Isso irá levá-lo até a 29. Entendeu?

— Viro à direita no T.

— Perfeito.

— Obrigado — eu disse.

— Não tem de quê. — Ele fechou o vidro e fez um retorno à minha frente. Eu percebi que ele tinha saído de seu caminho só pra me ajudar.

A estrada que o homem me indicou alternava entre asfalto e terra, mas estava sempre cercada de campos de milho. Exatamente como ele tinha dito, a estrada me levou ao sul, fazendo uma interseção com a 29, que levava até a divisa estadual do Missouri.

Não havia muito a ser visto, e minha mente divagou. Pensei muito em Analise. Fiquei imaginando o que seria dela. Eu mal a conhecia, mas me importava com ela. Enquanto pensava nesse fenômeno, descobri algo sobre mim: sempre fui um bobão por donzelas em perigo. Sempre. E isso incluía McKale.

Pamela tinha me perguntado se McKale teria precisado de mim, da forma como precisou, se ela tivesse sido uma mãe melhor. A pergunta que nunca foi feita foi "Será que eu teria me sentido atraído por McKale se ela não tivesse precisado de mim?". Será que eu tinha enxergado McKale na dor de Analise?

Eu não sabia. Acho que não queria saber. Então, forcei meus pensamentos a outras coisas e apenas continuei andando. Quatro dias depois, cheguei à cidade de St. Joseph.

CAPÍTULO

Vinte e um

O homem que rouba a loja de conveniência da esquina é um ladrão. O homem que rouba centenas é uma lenda. E o homem que rouba milhões é um político.

Diário de Alan Christoffersen

St. Joseph foi fundada pouco depois de 1800 por um comerciante de peles chamado Joseph Robidoux. Em seu auge, a cidade era um posto fronteiriço remoto, a última parada no Rio Missouri e o caminho de saída para o Oeste Pioneiro. Também era o fim da linha para os trens que seguiam naquela direção.

Hoje, St. Joseph tem uma população de mais de setenta e cinco mil residentes. A cidade alega fama por diversas razões, entre as quais, ter se tornado a sede e ponto de partida do lendário Pony Express, que mandava a correspondência para o Oeste, até as cidades que eram inacessíveis de trem. Também é a cidade onde o infame bandido Jesse James foi alvejado e morto.

Entrando em St. Joseph, eu fui arrebatado pela bela arquitetura do local. Entrei na cidade pela área industrial, depois passei pelos subúrbios, até chegar a uma região de shoppings e hotéis. Dei entrada no ambicioso Stoney Creek Inn, um hotel familiar que tem o Oeste como tema.

Naquela noite, comi churrasco num lugar chamado Rib Crib. Depois de olhar o cardápio, eu perguntei ao meu garçom qual era a diferença entre costelas de St. Louis e costelas comuns. Ele respondeu:

— As costelas de St. Louis têm menos carne e não são tão boas.

— Então, eu vou querer as costelas comuns — eu disse, bem certo de que ele não devia vender muito da outra. Comi até ficar cheio, depois caminhei um quilômetro de volta ao meu hotel e caí de cansado na cama.

Na manhã seguinte, decidi ver os três locais turísticos anunciados da cidade, começando pelo Patee House Museum.

O Patee House foi originalmente construído como um hotel de luxo de 140 quartos e, em seus dias de glória, era um dos hotéis mais conhecidos do Oeste. Ele também serviu como sede do Pony Express. Fiquei surpreso ao saber que com toda sua fama, o Pony Express só durou dezoito meses. Hoje o Patee House é considerado um dos dez melhores museus do Oeste do país.

A menos de uma quadra do museu, ficava a casa onde Jesse James foi morto. Isso não foi coincidência. Por motivos comerciais, a casa foi transferida de seu local original e trazida para a localização atual.

A morte de Jesse James, em 1882, ganhou o noticiário nacional. James vinha se escondendo em St. Joseph, sob o nome de Tom Howard, esperando começar uma nova vida como cidadão respeitador da lei, com a esposa e dois filhos. Depois de uma carreira tão notória e uma longa lista de inimigos, James era compreensivelmente paranoico, então ele contratou dois irmãos para protegê-lo, Charley e Robert Ford, amigos da família, em quem ele acreditava poder confiar.

Sem que James soubesse, Robert Ford vinha tramando com o governador para trair o fora da lei. Um dia, enquanto James subia numa cadeira para endireitar um quadro que estava torto na parede, Ford o alvejou por trás, na cabeça.

Depois, os irmãos Ford se apressaram até o xerife local para reivindicar a recompensa de dez mil dólares. Para surpresa dos dois, eles foram presos por assassinato em primeiro grau, indiciados e condenados à morte por enforcamento, tudo no mesmo dia. Felizmente, para os irmãos, o governador intercedeu e perdoou os dois homens.

Enquanto tornava James famoso, a história não foi tão gentil com os irmãos Ford, retratando-os como traidores e covardes. Depois de receber parte do dinheiro da recompensa, Robert Ford ganhou a vida posando para fotografias, em museus baratos, como "o homem que matou Jesse James" e esteve no palco com o irmão Charles, representando o assassinato num show teatral que não foi bem recebido.

Dois anos após a morte, Charles, sofrendo de tuberculose e viciado em morfina, cometeu suicídio. Robert Ford foi morto alguns anos depois por um homem que se aproximou dele, num bar, e disse, sem explicação:

— Olá, Bob! — E descarregou uma arma de cano duplo em seu pescoço.

Ao comprar um livro sobre Jesse James no balcão de suvenires da casa, fiquei imaginando por que nós humanos temos tanto fascínio pelos foras da lei. De Billy the Kid a Al Capone, nós sempre veneramos gângsteres. Fazemos isso porque nos faz sentir bem sabermos que não somos tão ruins ou porque, lá no fundo, não somos tão bons assim? Ou talvez sejamos apenas obcecados pela fama — qualquer que seja a fonte.

No caminho de volta ao meu hotel, parei no terceiro local mais anunciado da cidade: The Glore Psychiatric Museum (Museu Psiquiátrico Glore). Eu gostaria de não ter parado. Havia algo sobre o museu que me lembrava aqueles galpões assombrados que surgem nas cidades em todo Halloween.

O museu de quatro andares é uma coletânea de dioramas horrendos, em tamanho real, o papel dos doentes mentais interpretado por manequins doados por uma loja de departamentos local. A mostra do segundo andar segue a história do tratamento dos doentes mentais, desde a queima de bruxas até o pisoteio de demônios (a ideia de que espíritos malévolos poderiam ser pisoteados e expulsos de uma pessoa), até o mais científico Banho de Surpresa (um dispositivo não muito diferente dos cubículos de mergulho vistos em parques atuais, só que usando um tanque grande de água gélida).

Também havia um modelo funcionando do O'Halloran's Swing, no qual a insanidade era expulsa do doente fazendo-o girar, preso ao dispositivo, que tinha capacidade de cem giros por minuto.

No terceiro piso, as mostras mais contemporâneas abrigavam seus horrores particulares, incluindo manequins amarrados em mesas e cobertos com lençóis, instrumentos de lobotomia, uma gaiola hospitalar e gabinetes aquecidos, usados para os pacientes com sífilis.

Uma mostra exibia os 1.446 itens engolidos por uma paciente, que incluíam 453 pregos, 42 parafusos e uma infinidade de alfinetes, colheres e tampas de saleiros e pimenteiras. A mulher morreu durante a cirurgia para remover os itens.

Outra mostra apresentava algo achado pelo técnico que consertava a televisão do hospício: mais de quinhentos bilhetes enfiados no aparelho de TV; respostas às perguntas feitas por uma série de psiquiatras a um dos pacientes ao longo dos anos.

Pra mim, o museu parecia tão esquizofrênico quanto os que supostamente vangloriava. Por um lado, ele berrava sobre as atrocidades que a humanidade dispensava como tratamento aos mentalmente enfermos, citando que, numa determinada época, os residentes de Londres costumavam caminhar pelo hospício de Bedlam para ver os que estavam ali dentro, acorrentados às paredes ou amarrados às camas. Por outro lado, parecia fazer exatamente isso, explorando a condição dos doentes mentais, com todas as nuanças teatrais como no show de um circo de horrores.

Depois de menos de meia hora de turnê, eu fugi do lugar e ainda continuei aborrecido quando cheguei ao meu hotel, que ficava a alguns quilômetros de distância. Eu não conseguia dormir, então fiquei assistindo a seriados de comédia na televisão para apagar a lembrança do que eu tinha visto.

Era hora de deixar St. Joseph.

CAPÍTULO
Vinte e dois

A história é testemunha de que nossas vidas são muito mais influenciadas pela imaginação do que pela circunstância.

Diário de Alan Christoffersen

Antes, eu escrevi que cidades pequenas são centelhas para algumas das maiores pessoas e ideias do mundo. A U.S. Route 36, no Missouri, talvez seja o exemplo mais ilustrativo da minha teoria. Ao longo de um trecho de 260 quilômetros de estrada, o mundo mudou. Isso não é uma hipérbole. Essas são as pessoas que vieram das cidadezinhas nesse pequeno trecho de estrada americana:

J.C. Penney

Walt Disney

General John J. Pershing

Mark Twain

e Otto Rohwedder, inventor do pão fatiado

No dia em que deixei St. Joseph, segui para o leste, pela Frederick, até a 29 Sul, depois trilhei meu caminho até a 36.

Havia árvores por toda parte, e, segundo o livro que eu tinha comprado na casa de Jesse James, ali foi onde James e seus colegas "olheiros" se esconderam. Passei a noite na cidadezinha de Stewartsville (população de 759) e jantei no Plain Jane Café.

Eu comecei a caminhar bem cedinho e por volta de meio-dia entrei em Cameron, uma cidade de dez mil pessoas, onde fiz estoque de suprimentos. A cidade de Cameron teve um nascimento curioso. Em 1854, um grupo de assentadores planejou uma cidade chamada Sommerville, ao longo da rota de Hannibal, até a linha férrea de St. Joseph.

No fim das contas, a terra de Sommerville era íngreme demais para trens, então os assentadores arrastaram os três prédios da cidade dois quilômetros a sudeste e mudaram o seu nome para Cameron.

Ao anoitecer, eu cheguei a Hamilton, terra natal de J.C. Penney. Entrei na cidade esperando encontrar algum lugar pra ficar, mas não tinha hotel. Passei pela J.C. Penney Memorial, Biblioteca e Museu, mas já estava fechada. Comprei comida num mercado chamado HY-KLAS e acampei num parque de grama alta, perto do museu.

No dia seguinte, caminhei pouco menos de quarenta quilômetros, até a cidade de Chillicothe — lar do pão fatiado. Eles não te deixam esquecer. Está escrito em toda parte, desde o mastro da sede do jornal até a placa da cidade: *Bem-vindo a Chillicothe, o Lar do Pão Fatiado*. A mascote escolar deles deve ser uma torradeira.

Andei até o centro histórico, porque vi uma placa anunciando o Strand Hotel, uma edificação de tijolinhos que infelizmente tinha sido transformada em prédio de apartamentos. Do outro lado da rua, tinha um salão de beleza chamado Curl Up & Dye.

Caminhei de volta, em direção à 36, onde passei por um hotel. Jantei num restaurante mexicano chamado El Toro, depois fiquei no Grand River Inn, onde um cão branco enorme, de temperamento questionável, circulava pela recepção. Custou cinquenta dólares. O hotel, não o cão.

Na manhã seguinte, voltei a me sentir ligeiramente tonto, mas consegui começar cedo. Depois de 32 quilômetros, virei para o norte, saindo da rodovia na cidade de Laclede, terra natal do General John "Black Jack" Pershing.

O General Pershing teve uma carreira militar um tanto distinta, culminando na maior patente já concedida a um líder militar americano: General dos Exércitos dos Estados Unidos, patente que o Congresso criou especialmente pra ele, depois dos serviços dedicados durante a Primeira Guerra Mundial. Nenhum outro soldado americano jamais recebeu tal patente, até 1976, quando o Presidente Gerald Ford a concedeu, postumamente, ao General George Washington.

Além de sua patente, Pershing arrebanhou outra distinção única: ele tem um míssil e um tanque batizados com seu nome. Laclede era tranquila e pitoresca, com ruas perfiladas por elmos imensos, bairros limpos e muitas casas e igrejas históricas.

Não havia hotéis na cidade, então eu segui até a próxima, Brookfield, onde fiquei no Travel Inn Motel, anunciado como "Pertencente e Administrado por Veterano". Meu quarto custou somente 35 dólares a noite e tinha uma quitinete. Havia uma farta literatura cristã no lobby do hotel. Eu peguei uma brochura intitulada *Por Que Morremos?*, que folheei na cama, antes de dormir.

Na manhã seguinte, tomei café no Simply Country Café, depois virei rumo ao sul, na Main Street, para voltar à rodovia. Havia uma faixa estreita de asfalto paralela à 36, que se estendeu por alguns quilômetros, e eu permaneci nela até chegar à saída para Marceline, cidade da infância de Walt Disney. Caminhei cinco quilômetros desde a saída de Marceline até a cidadezinha.

Quando menino, eu tinha dois heróis: Thomas Edison e Walt Disney. Quando fui ficando mais velho, em Pasadena, a Disneylândia era a minha maior diversão, e também de McKale, e eu tinha muitas lembranças do parque. A primeira vez que eu passei os braços em volta dela, publicamente, foi no brinquedo Matterhorn. Também foi lá onde a chamei de "Mickey" pela primeira vez, um apelido que ficou pelo resto da vida.

Elias Disney, pai de Walt, tinha se mudado pra lá com a família, vindo de Chicago para Marceline, em 1906, quando o pequeno Walter só tinha quatro anos, depois que dois garotos, vizinhos seus, tentaram roubar um carro e mataram um policial num tiroteio.

Quando criança, Walt passou mais tempo em Chicago e Kansas City, mas Marceline teve um impacto muito maior em sua vida do que qualquer outro lugar onde os nômades Disney aterrissaram. Disney falava de seus anos em Marceline como seus dias fabulosos e foi citado num jornal dizendo: "Para falar a verdade, mais coisas importantes me aconteceram em Marceline do que desde então ou do que provavelmente acontecerão no futuro".

Eu quase passei pela casa de infância de Disney, uma casa bonita, mas comum, sem reconhecer seu significado. Não era difícil deixar de vê-la. A casa era uma residência particular e seu status de marco era indicado apenas por uma plaquinha alertando os eventuais turistas a respeitarem a privacidade dos residentes.

Fiquei à margem do terreno, olhando a casa, imaginando o quanto teriam se surpreendido os moradores da cidade ao saberem que o garotinho que corria pelas ruas sem asfalto e subia em suas árvores tornara-se conhecido em cada canto do mundo.

Meia hora depois, cheguei à rua principal da cidade. Eu havia lido que a Main Street, EUA, Disneylândia, havia sido moldada segundo a rua principal de Marceline, mas vendo suas fachadas simples e antigas, eu soube que a recriação de Disney era mais um fruto de sua lembrança imaginativa do que uma réplica da realidade.

Na rua principal de Marceline, encontrei uma pousada localizada acima do Uptown Theatre, o teatro que Disney havia escolhido para a estreia de *Têmpera de Bravos* (*The Great Locomotive Chase*), em 1956. O apartamentinho era decorado com memorabilia de Disney e cheirava a lustra-móvies Pledge de limão. Embora lhe faltasse o charme da maioria das pousadas, só o fato de Disney ter estado ali foi suficiente para justificar a minha estadia.

Na manhã seguinte, eu caminhei de volta até a 36, passando novamente pela casa de Disney ao sair. Uma vez eu disse a McKale que queria visitar Marcelina algum dia. Eu pensava que veria a cidade com ela. Fiquei imaginando se ela saberia que eu tinha conseguido.

CAPÍTULO
Vinte e três

Hoje, conheci alguém que se autodenomina um itinerante e com a visão mais infeliz de Deus.

Diário de Alan Christoffersen

Quando eu vi Israel, ele estava recostado na mureta da rodovia, no sentido leste, na rampa que sai de Marceline, com a mochila pousada no chão, ao seu lado. Ele parecia ter trinta e poucos anos; era baixo, de cabelos louros avermelhados e usava óculos redondos, de moldura grossa. Ele estava segurando um cartaz que dizia:

St. Louis

Eu balancei a cabeça pra ele:

— Oi.

— Como vai? — ele perguntou, alegremente.

— Bem — respondi. — Como vai você?

— Perfeito. Lindo dia para estar ao ar livre.

— Bom clima para caminhar — eu disse.

— Para onde está indo? — perguntou ele.

— Key West.

— Lugar legal, Key West — disse ele, assentindo ligeiramente. Ele foi a primeira pessoa a quem contei que não reagiu com surpresa.

— E você? — perguntei.

— Arkansas. Tenho um emprego me esperando lá.

— O que você faz?

— Faço telhados.

— É um longo trajeto para ir trabalhar numa casa.

Ele sacudiu os ombros.

— É o que faço. Estou na estrada desde que eu tinha dezessete anos.

— Está caminhando desde que tinha dezessete anos?

— Não, eu não caminho. Eu sou um itinerante.

— Itinerantes não caminham?

— Não, se pudermos evitar. Mas está um belo dia. Eu ficaria feliz em caminhar um pouco com você, se não se importa.

— Não me importo.

Ele prendeu o cartaz à sua mochila, depois a puxou por cima dos ombros e caminhou até mim. O acostamento era largo o suficiente para que caminhássemos lado a lado, com segurança.

— Qual é o seu nome? — ele perguntou.

— Alan. E o seu?

— Israel. Israel Campbell.

— E você é um itinerante.

Sim, senhor. Para o folclore comum, a maior parte dos sem-teto parece igual, mas nós não somos. — Ele ergueu a mão à frente, estendendo o dedo indicador. — Primeiro, você tem os montanhistas. São fáceis de identificar. Parecem ter acabado de sair de uma caverna ou algo assim. Eles geralmente têm muito pelo facial e só aparecem em público quando é absolutamente necessário, depois vão embora, assim que podem.

Ele estendeu um segundo dedo.

— Depois, você tem os malucos. Não estou falando dos *serial killers*, mas dos meio doidos, sabe? Que ficam discutindo com eles mesmos. Dá pra notar que o elevador não chega ao último andar.

Eu assenti.

— Já vi esse pessoal — eu disse.

Ele estendeu um terceiro dedo.

— Depois, você tem os vagabundos.

— Vagabundos e itinerantes não são a mesma coisa?

— Não. Vagabundos prejudicam a imagem dos itinerantes.

— Como?

— Vagabundos estão sempre mendigando — você pode vê-los em rampas, com placas pedindo dinheiro. Nós, itinerantes, não mendigamos, a não ser que seja necessário. Itinerantes trabalham. É um ponto de orgulho pra nós. Só não temos casa nem veículo, então pedimos carona. Vagabundos também andam muito de trem. Eu ando, um pouco, mas só quando estou empacado em algum lugar. Há truques nos trens. Ando pensando em aprender o caminho das pedras.

— Truques? De que tipo?

— O que descobri até agora é que o carro em que você tem que entrar é o dos motores, na traseira. Eles têm água engarrafada, geladeira e um banheiro.

— Não tem ninguém lá atrás?

— Geralmente, não. Mas, mesmo que haja alguém, eles não o colocam pra fora, necessariamente. Uma vez, um cara me deixou ficar com meu cachorro.

— Você tem um cachorro?

— Eu tive — disse ele, rapidamente, como se não quisesse falar a respeito. — O negócio é que eles não ligam muito. Ter alguém andando no trem não custa nada pra eles, mas eles precisam agir como se ligassem. Sabe como é?

Eu concordei.

— O mais importante é ficar longe dos touros. É a polícia ferroviária. A maioria é preguiçosa e não se dá ao trabalho de vasculhar os vagões, mas, se eles o virem, você está encrencado. Mas, como eu disse, isso é mais coisa de vagabundo. Não que eu odeie os vagabundos nem nada. Sou sociável com qualquer um na estrada. Muitos sem-teto não querem você por perto, porque não confiam em ninguém, mas eu não sou assim. Tento dar dinheiro aos outros, se eu tiver algum, e sempre pergunto se os outros estão bem. Outro dia, eu deixei dois dólares embaixo de uma ponte e um bilhete que dizia "Beba uma cerveja por minha conta. Se você realmente não precisar disso, deixe para o próximo cara que precise".

— Então, como é que alguém passa a ser um *itinerante*? — eu perguntei.

Ele esfregou o queixo.

— Essa é uma boa pergunta. No meu caso, meio que aconteceu. Não que eu estivesse na escola, no dia do teste vocacional, e dissesse: "Acho que vou ser itinerante". Meio que me pegou de surpresa. Minha vida doméstica era uma porcaria, então, quando eu estava com dezessete anos, um amigo me ligou e disse que tinha um trabalho pra mim em outro estado. Eu não tinha carro, por isso peguei carona até lá. Quando terminei o trabalho, outra pessoa ligou com um trabalho, então peguei carona outra vez. Desde então, nunca mais fiquei num só lugar por mais de três ou quatro meses. Acho que estou sempre procurando por pastagens mais verdes.

— Você está sempre na estrada?

— Se tiver trabalho. Mas nem sempre. No último inverno, eu cavei um abrigo pra mim, dois metros pra dentro da lateral de uma colina. Eu tinha até um fogão, que fiz com três baldes de aço de cinco galões cada. Até que era um lugar legal.

— De onde você é, originalmente? — perguntei.

— Eu cresci perto de St. Louis.

Olhei para seu cartaz.

— Então, está indo pra casa?

— Não, se eu puder evitar. É apenas a próxima cidade grande no meu caminho para Arkansas.

— Você ainda tem família em St. Louis?

— Se você considerar família um bando de degoladores que nem ligam se você está vivo ou morto. Não tenho nenhuma necessidade de voltar a ver nenhum deles. — Ele olhou para baixo. — Afinal, você é o quê? Vagabundo ou itinerante?

— Nenhum dos dois — eu disse. — Só estou caminhando.

— Pegar carona é mais rápido.

— Não estou com pressa.

Ele assentiu.

— Onde você dorme?

— Depende do dia. Muitos hotéis baratos. Às vezes, nos campos.

— Pra isso, também tem um truque — disse ele. — Já foi incomodado pela polícia?

— Ainda não. Fui assaltado.

Ele franziu o rosto.

— Eu também. Faz parte. Mas a polícia tem um problema maior comigo. O mais importante na hora de dormir na estrada é ficar fora de vista.

Claro que eu já sabia disso, mas não disse a ele, pois queria ouvir o que ele tinha a dizer.

— As árvores geralmente são a melhor opção como esconderijo. Eu sempre olho o lugar onde vou dormir de vários ângulos, pra ter certeza de que não posso ser visto da estrada. Sempre levanto cedo, geralmente, antes do sol, para voltar à estrada. Não há nada pior do que um *cana* te acordando às três da manhã, dizendo que você precisa ir andando, qualquer que seja o clima ou a distância que você terá de andar para chegar à próxima saída.

— Ainda não aconteceu comigo — eu disse.

— Vai acontecer. Outro lugar bom pra dormir é embaixo dos viadutos. Geralmente, tem uma borda boa no alto, que serve como uma boa cama. Claro que você primeiro tem que checar e ver se alguém já dormiu ali. A maioria dos hóspedes transitórios deixa um rastro de latas de cerveja, papelão, roupa velha, você sabe. Se você tem andado na estrada, já viu. — Ele sacudiu a cabeça. — Uma vez, eu achei um laço de forca. Ainda bem que não tinha um corpo preso a ele.

— Você precisa ter certeza de que não há fezes. Esse é o grande lance. E se estiver nublado, também tem que checar a área, procurando trilhas de água, só pra ter certeza de que a ponte não tem goteiras.

— Obrigado pelos conselhos — eu disse. — Então, é difícil pegar carona?

— Às vezes. Como acontece com qualquer coisa, há dias em que os peixes não mordem a isca, mas, geralmente, não. Pode-se dizer que sou bom nisso. Pegar carona tem a ver com psicologia. Por exemplo, eu tinha um saco de dormir vermelho. Tive que me livrar dele. Vermelho, amarelo e laranja significam perigo, e as pessoas são menos inclinadas a pegá-lo quando veem essas cores. Nunca vi uma pesquisa a respeito, mas posso lhe dizer, eu já provei. A verdade é que grande parte do que se pensa a respeito de dar carona a alguém não é lógico. Por exemplo, muita gente não dá carona a alguém que tenha cabelos compridos e barba, pois acham que pode ser um *serial killer*. Você pode agradecer à televisão por isso. Mas não é o caso. Veja Ted Bundy, o assassino do zodíaco, John Way Gacy, Son of Sam, o matador do Green River — todos eles eram caras barbeados e de aparência respeitável. Assim, pode-se dizer que sua melhor chance de ganhar uma carona é se parecer com um *serial killer*. — Ele riu disso. — Conclusão: se você quer uma carona, você tem que parecer que não precisa de uma carona. Eu sempre tento ao máximo parecer apresentável. Eu nunca usaria meu cabelo tão comprido quanto o seu. Afugenta as pessoas.

— Então, ainda bem que não estou pedindo carona — eu disse.

— Outra coisa, você deve saber sobre os postos de parada dos caminhoneiros. Podem ser a salvação, se você souber se virar. A primeira coisa que eu faço quando chego a uma parada de caminhoneiros é colocar minha mochila no mato, para que eles não vejam que estou pedindo carona. Assim, eu posso me misturar aos caminhoneiros e me sentar no salão deles, me aquecer ou me refrescar, assistir à TV, o que for.

"Você aprende truques, sabe? Quando os caminhoneiros abastecem no posto de gasolina, eles ganham um tíquete para banho. Consigo detectá-los a uma milha de distância. Eu pergunto a um cara, a caminho de seu caminhão, se ele tem um tíquete extra de banho e, na maioria das vezes, ele me dá um. Às vezes, eu peço um tíquete à gerência da parada. Digo-lhes que não sou um pedinte e não vou incomodar ninguém, e, às vezes, eles simplesmente me dão um tíquete de banho.

"Mas não importa o quanto você se mantenha decente e bem apresentável, algumas pessoas ainda vão olhá-lo como se você fosse um lixo, só porque estão em um carro e você não está. Eu parei de olhar pra essa gente dos carros anos atrás, para evitar perder a cabeça. Quer dizer, algumas pessoas o olham como se você estivesse grudado na sola dos sapatos delas. Já teve gente que passou por mim a sessenta quilômetros por hora e trancou a porta.

"E tem os que sacodem a cabeça. Eles te veem esperando numa rampa de saída e sacodem a cabeça dizendo que não. É degradante. Eu olho para seus carros, para não parecer que estou viajando, como um maluco, mas não olho pra essa gente. Há muitos trancadores de portas e sacudidores de cabeça neste mundo.

"Claro que a melhor forma de arranjar uma carona é ser mulher. As mulheres conseguem arranjar com caminhoneiros sem problema."

Esse certamente parecia ter sido o caso de Pamela, eu pensei.

— Algum dia, eu vou escrever um livro chamado *A Psicologia da Carona*. O que você acha?

— Parece interessante — eu disse.

— Você não sabe nada sobre edição de livros, sabe?

Eu sacudi a cabeça.

— Não, desculpe.

— Não custa perguntar — disse ele.

Nós caminhamos em silêncio por um tempo.

— Dezessete anos — eu disse. — Você deve ficar solitário algumas vezes.

Ele franziu o rosto.

— É. Às vezes. Quer dizer, eu gostaria de encontrar uma esposa, mas encontrar alguém que viveria desse jeito não é muito provável. Há mulheres que gostam da estrada, mas há milhares de caras para cada uma delas, por isso elas são fisgadas bem rápido. Além disso, para conhecer mulheres, você precisa ficar em abrigos ou andar nos trens, e eu nunca gostei de nenhum dos dois. — Ele suspirou um pouco. — Então, qual é a sua história? Por que está na estrada?

Pensei rapidamente no quanto eu queria contar e decidi contar tudo a ele.

— Perdi minha esposa ano passado, depois que ela fraturou a coluna num acidente a cavalo. Enquanto eu estava cuidando dela, minha empresa foi roubada de mim. Perdi tudo. Em questão de semanas, eu perdi minha esposa, meu negócio, minha casa e meus carros. Tudo se foi. Então eu arrumei minhas coisas e comecei a caminhar. Key West era o ponto mais distante ao qual eu poderia ir sem ter que nadar, então foi para onde eu resolvi ir.

— Lamento por tudo isso — ele disse, com compaixão. — Há muita maldade nesse mundo. O que seu irmão não lhe fizer, Deus fará. — Ele olhou em volta, erguendo as mãos. — É cão comendo cão por aí. Esses seguidores dominicais vão lhe dizer que a beleza de Deus é vista na natureza. Mas a visão deles é seletiva. A verdade é que a natureza é horrenda, vermelha nos dentes e nas garras. — Ele olhou para o milharal. — Agora, lá naquele campo, há morte e terror.

— Eu vejo um monte de milho para alimentar as pessoas — eu disse.

— Claro que há pôr-do-sol, rosas e toda essa porcaria, mas também tem a mosca relutando enquanto a aranha lhe arranca a vida. Há lobos caçando um carneirinho para comê-lo vivo. Essas coisas também foram feitas por Deus.

— Você não é convidado para muitas festas, é?

Ele me ignorou.

— Então, qual é a desse Deus que faz lindos sóis poentes e encharca a terra de sangue? Se você me perguntar, eu acho que Deus é o maior dos sádicos. Ele é como um garoto que joga uma formiga vermelha e uma formiga negra juntas, dentro de um pote, para vê-las brigar. Acho que pra Deus, essa Terra não é nada além de uma rinha de galos.

— Essa é a visão mais sombria que eu já ouvi de Deus — eu disse.

— Bem-vindo ao mundo real, meu chapa — disse ele. — As pessoas andam por aí dizendo que Deus é só justiça e bondade, mas me responda isso: como Deus pode ser justo se em praticamente todas as religiões ele condena os pecadores a uma eternidade de punição por algo que acontece por um tempo limitado? Não é uma resposta proporcional. Não é justo e certamente não é bom.

Não consegui responder.

— Veja isso da seguinte forma: digamos que um garoto entre numa loja, onde ele vê um doce. Ele não tem dinheiro, mas quer muito aquele doce. Então, quando acha que não tem ninguém olhando, ele pega o doce. Ele infringiu a lei. Claro que deve pagar, não discordo disso. Mas o que o pobre garoto não sabe é que o dono da loja tem câmeras por todo lado, e tudo que ele faz é passar o dia no escritório, esperando pra flagrar alguém. Logo, o dono da loja arrasta o garoto pra trás da loja e joga gasolina nele, depois taca fogo. Essa é sua condenação eterna. Esse é seu Deus. Essa é sua religião.

— Essa não é minha religião — eu disse. — Não acredito em um Deus que nos cria para nos condenar. Não acredito que Deus seja medo.

— Todas as religiões ensinam que Deus é medo — disse Israel. — Depois, eles o vestem de bom pastor. Um lobo com roupa de pastor.

— Às vezes, pais bons usam o medo — eu disse. — Para proteger seus filhos. É como uma mãe que diz ao filho para não brincar na rua porque ele pode ser atropelado.

— A diferença — disse Israel — é que Deus é quem está dirigindo o carro.

Eu assenti. — Você está certo. Essa é a diferença. Ou você acredita em um Deus de perdão e amor ou num Deus de danação e condenação, mas não dá pra acreditar em ambos, porque ele não pode ser o mesmo Ser.

— Não há Deus de perdão — disse Israel. — Você deve saber. Ele matou sua esposa.

— Ele não matou minha esposa. Foi um cavalo que a matou.

— Ele poderia ter evitado que ela morresse.

— Você quer dizer que ele poderia ter *adiado* a morte dela. Porque, no fim, tudo nesse mundo morre. Tudo. É por isso que as pessoas olham para Deus, pelo próximo mundo.

Israel me olhou sinistramente.

— Olhe — eu disse. — Não me importa no que você acredita em relação a Deus. Não tenho certeza sequer daquilo em que eu acredito.

A verdade é que homens muito mais inteligentes que nós já discutiram essa questão há milênios e não chegaram a um consenso.

"Quanto ao mundo ser justo ou bom — continuei —, a questão que mais me deixa perplexo não é o motivo para que as coisas ruins aconteçam. Num mundo como esse, isso era de se esperar. O que não consigo compreender é a razão para que boas coisas aconteçam. Por que existe o amor? Por que existe a beleza? Por que eu amei tanto a minha esposa? E por que ela me amou? É isso que me deixa perplexo. É isso que não consigo explicar."

Israel não disse nada, mas continuou caminhando comigo, de cabeça baixa. Depois de um minuto, ele subitamente parou de caminhar.

— Eu já o incomodei o suficiente.

Eu também parei.

— Não foi incômodo nenhum — eu disse. — Mas foi legal conversar com você. Vá com cuidado. E boa sorte com seu livro. Se algum dia o vir numa loja, vou comprar um ou dois.

— Obrigado — disse ele. — Espero que você chegue em Key West. — Ele apertou minha mão, depois tirou a mochila dos ombros e sentou na lateral da estrada com seu cartaz. Eu apenas continuei andando.

Depois de Marceline, as cidades pareciam mudar, ficando mais sulistas. O Missouri sempre foi dividido assim. Mesmo durante a Guerra Civil, eles não tinham certeza de que lado do conflito estavam.

Ao final do terceiro dia depois de Marceline, entrei em Monroe City, uma cidade ímpar como Sidney. As casas eram bem cuidadas, com grandes varandas e lindos jardins. Ali também foi o local da primeira batalha da Guerra Civil no nordeste do Missouri. Aprendi isso numa brochura que peguei no Centro de Visitantes da cidade.

Pelo que li, a batalha foi um evento de entretenimento, e todos os cidadãos de Monroe vieram em carroças de duas rodas e em carruagens para fazer piqueniques e assistir ao tumulto, que acabou tendo muito mais fanfarrice do que sangue.

O conflito começou quando um grupo de simpatizantes dos confederados se reuniu em Monroe, e as tropas federais, lideradas pelo Coronel Smith, foram enviadas para dispersá-los. A área era um terreno fértil para separatistas, e o Coronel Smith e seus homens logo passaram a ser minoria, sendo forçados a buscar refúgio num prédio chamado de Seminário.

Enquanto as tropas pró-separatistas cercavam o prédio, seu líder, o Honrável Thomas A. Harris — sabidamente apreciador de uma plateia — começou a fazer um discurso para reunir a multidão, que não queria palavras, mas ação.

Harris declarou que, sem canhão, a melhor coisa a fazer era recuar e dispensou seus homens. Suas tropas recusaram a oferta e quando o canhão chegou, a batalha recomeçou. O canhão era para balas de nove libras (4.08kg), mas os soldados tinham apenas algumas balas de seis libras (2.7kg), que usaram com pouquíssima eficiência. Eles abasteceram o canhão com as balas menores, que eram disparadas de forma tão irregular que causavam a dispersão tanto dos que faziam piquenique quanto dos soldados confederados, que não estavam gostando de receber disparos de seu próprio lado. Ao final do ataque, os soldados a favor do Sul alegaram que o único lugar seguro era na frente do canhão.

Os reforços federais logo chegaram para ajudar o Coronel Smith, e com um estouro de metralha por parte do canhão da União, os separatistas recuaram, se escondendo nas carroças e carruagens, misturando-se aos que estavam no piquenique.

Enquanto isso, boatos tempestuosos sobre a batalha se espalharam, e um dia depois do término do conflito, o Coronel Ulysses

S. Grant chegou ao local com mais dois mil homens. Ao saber que a batalha havia terminado, ele seguiu para o México. Assim terminou a batalha de Monroe.

✦

Passei pelo Rainbow Motel, que tinha uma placa externa que dizia "Venha olhar aqui dentro e resolva se vai ficar". Olhei lá dentro. Eu me senti como se tivesse voltado aos anos 1950. Uma antiga máquina da Pepsi ficava ao lado da porta do escritório, assim como um pôster dos *Dez Mandamentos*.

Aluguei um quarto por uma noite. No dia seguinte, cheguei a Hannibal.

CAPÍTULO

Vinte e quatro

A vida não deve ser encontrada no cemitério.

✦ Diário de Alan Christoffersen ✦

Fora a Disneylândia, a histórica Hannibal era a cidade mais mágica por onde eu poderia passar — um vilarejo de livros de história, abençoado por seu patrono *São Samuel Clemens*, mais conhecido como Mark Twain.

Twain escreveu uma vez sobre sua amada terra natal:

Depois de todos esses anos, eu consigo enxergar aqueles velhos tempos, agora, da mesma forma como eram antes: a cidade branca cochilando sob o sol de uma manhã de verão; as ruas vazias ou quase vazias; um ou dois balconistas sentados na frente das lojas da Water Street, com suas cadeiras de madeira de pés lascados inclinadas para trás, junto à parede... O grande Mississippi, o majestoso, o magnífico Mississippi com sua maré de uma milha de largura, brilhando sob o sol...

Ao entrar em Hannibal, ainda é possível imaginá-la da forma como Twain a via. A cida]de é pitoresca, com uma arquitetura histórica cuidadosamente preservada, o cenário de sua região leste emoldurado pelo rio "magnífico". Era o tipo de lugar que eu desesperadamente queria compartilhar com McKale, e fiquei imaginando por que não o fizera.

Dei entrada no Best Western Plus On the River (Best Western Plus *No Rio*), que, na verdade, não era *no rio*, embora, como um ex-publicitário, eu enxergasse como eles podiam forjar isso — já que em 1993, o Mississippi transbordou e inundou a cidade. Portanto, podia-se alegar de consciência tranquila que o hotel ficou, no rio um dia. Ou, mais precisamente, *dentro* dele.

Ao me entregar a chave do meu quarto, a recepcionista orgulhosamente disse:

— Talvez esteja interessado em saber que acabamos de adquirir uma nova esteira para nossa sala de exercícios. Caso sinta-se inclinado a caminhar.

— Obrigado — eu disse. — É bom saber.

Jantei do outro lado da rua, num restaurante em formato de caixa de sapato, e comi franco à Hannibal, com pãezinhos e molho ferrugem, depois voltei ao hotel para ficar de molho na banheira. Li um pouco do meu livro sobre Jesse James e fui dormir cedo.

Estar em Hannibal levantou meu astral e, talvez pela primeira vez desde que eu havia deixado Seattle, eu me sentia mais como um turista do que como um homem em peregrinação. Na manhã seguinte, saí para dar uma caminhada pela cidade, parando para tomar café no Java Jive, na Main Street. Minha garçonete era uma das mulheres mais lindas que eu já tinha visto na vida. Imaginei que ela tivesse vinte e poucos anos, mas estava vestida com roupas retrô: um vestido listrado justo, com uma boina vermelha e saltos altos. Ela me lembrou uma daquelas garotas que os esquadrões de bombardeiros B-52 mandavam pintar no bico dos aviões.

Os doces e o café estavam bons, e eu tomei o café despreocupadamente, vendo o tráfego de turistas lá fora, em movimento sinuoso como o rio. Era um prazer observar outras pessoas caminhando, para variar um pouco.

Eu não tinha planejado passar o dia em Hannibal, mas uma hora depois, eu soube que ficaria. Depois de terminar meu segundo café, caminhei no sentido norte para ver a casa de Twain.

O complexo histórico de Mark Twain era bem preservado, com ruas de paralelepípedos fechadas para o trânsito de automóveis. Entre as edificações ainda de pé, estão a casa de infância de Twain, completa, com a cerca branca que Tom Sawyer fez os garotos da cidade pintarem, enganados, e a casa reconstruída de Tom Blakenship, o menino no qual *Huckleberrry Finn* foi inspirado. Twain escreveu sobre seu amigo Tom:

> *Ele tinha liberdade totalmente irrestrita. Era a única pessoa realmente independente — menino ou homem — na comunidade e, consequentemente, era tranquilo e estava sempre feliz. Era invejado pelo restante de nós. Nós gostávamos dele, gostávamos de sua companhia. Mas sua companhia nos foi proibida por nossos pais, e essa proibição triplicou, quadruplicou seu valor. Portanto, nós buscávamos e desfrutávamos sua companhia mais do que a companhia de qualquer outro garoto.*

Também havia o escritório de justiça de paz do pai de Twain e o lar de Laura Hawkins, a menina vizinha em quem Twain baseara a personagem de Becky Thatcher. Nisso, o autor e eu compartilhávamos um território comum — ambos tivemos nossas vidas modificadas para sempre pela garota da porta ao lado.

Depois da turnê pelas residências, eu caminhei para o sul, ao longo da margem do Mississippi, até chegar a uma plataforma de acesso à embarcação fluvial de Mark Twain. Paguei quinze dólares por uma hora de passeio e embarquei.

O barco não cobriu muito território, ou água, apenas subiu um pedacinho do rio, depois desceu, mas o trajeto foi tão agradável e suave quanto o sotaque arrastado do Sul.

Steve, capitão da embarcação, era um anfitrião jovial, e quando nós nos afastamos do cais, ele cantou nas caixas de som um obrigatório "Maaaark Twaaaaaain", nos garantindo que a água tinha duas braças de profundidade, o que, para um capitão de barco, significava águas seguras. Águas seguras. Ainda hoje, essa é uma garantia confortante pra nós.

Subi na cabine do barco e perguntei ao Capitão Steve algo que sempre quis saber: por que o topo da chaminé do barco tem caneluras?

— É mais por tradição — respondeu ele. — Mas na época de Twain, as caneluras ajudavam a evitar que as brasas da fornalha do barco caíssem nas cabeças dos passageiros.

Satisfeito com a resposta, voltei à proa do barco e tomei uma Coca.

Em nosso regresso à costa, o capitão tocou três vezes o poderoso apito a vapor do barco, antes de atracar no cais. Agradeci ao Capitão Steve e desembarquei, depois caminhei de volta até a Main Street, almocei no Ole Planters Restaurant e fui passeando de volta ao meu hotel, dando uma olhada nas vitrines das lojas do caminho.

A duas quadras do meu hotel, passei por um escritório que tinha uma placa na vitrine que dizia:

Hannibal Fantasma Passeios Turísticos

Entrei pra dar uma olhada. Não havia ninguém lá dentro, mas havia uma lista de assinaturas para o passeio noturno. Eu acrescentei meu nome à lista.

Praticamente tudo em Hannibal é assombrado, e todos da cidade estão ávidos para contar uma história de fantasma. A primeira história de fantasma que eu ouvi foi naquela manhã, da minha garçonete, durante o café. O inquilino de um apartamento ao lado do Java Jive estava sempre reclamando da música arrepiante de órgão que o despertava toda noite, às três da madrugada. Ele se recusava a acreditar que a gerência da cafeteria não tinha culpa, embora o estabelecimento não possuísse um órgão e fechasse à meia-noite.

Até a biblioteca pública tinha histórias de uma aparição impertinente que, depois do fechamento, arremessava livros no chão quando eles eram colocados nas prateleiras em lugares errados.

Depois de um cochilo no hotel, eu estava me sentindo um pouco tonto outra vez, mas logo passou. Jantei no mesmo restaurante da noite anterior e então caminhei duas quadras até a loja onde eu tinha feito a minha inscrição para o passeio fantasma.

Uma van cinza e comprida de transporte de passageiros aguardava na frente do escritório, ao lado de um pequeno grupo reunido na calçada. Entrei no escritório. Uma mulher alta, de aparência agradável e cabelos louros escuros estava em pé, ao lado do balcão, segurando uma prancheta.

— Estou aqui para o passeio fantasma — eu disse.

— Então você veio ao lugar certo — disse ela, sacudindo uma caneta à minha frente. — Você deve ser o Sr. Christoffersen.

— Sou eu — disse.

Ela marcou na lista da prancheta.

— Sou Doreen. Está sozinho, certo?

Eu senti aquilo profundamente.

— Certo.

— Vá em frente, encontre um lugar na van que está aí adiante.

Fui até lá fora. O grupinho pelo qual eu havia passado ao entrar agora estava sentado dentro da van. A porta estava escancarada.

Havia cinco pessoas no grupo: um jovem casal — que, a julgar pelo olhar vidrado, imaginei estar em lua-de-mel — ocupava metade do banco dianteiro, e duas cinquentonas estavam no banco do meio.

O motorista era um homem magro, de trinta e poucos anos, com barba por fazer. Embora já estivesse escurecendo, ele estava de Ray-Ban de aviador e parecia um pouco com Richard Petty, o ex-campeão da NASCAR. Ele estava de cabeça baixa, evidentemente brincando com um joguinho em seu celular.

— Boa noite — eu disse, ao entrar no veículo. Somente as senhoras retribuíram meu cumprimento. O motorista estava fixado no celular, e o casal fixado um no outro, alheio a outras vidas no planeta. Eu me espremi para chegar até o banco traseiro da van.

Alguns minutos depois, Doreen enfiou a cabeça na janela da frente, do lado do passageiro.

— Estamos esperando mais um.

O motorista resmungou e coçou o rosto, mas não levantou a cabeça. Uns dois minutos depois, Doreen voltou. Ela estava ao lado de um cavalheiro idoso que usava uma boina chata e um suéter cinza e carregava uma bengala preta metálica.

— Pronto, Sr. Lewis — disse Doreen. — Eu pego a sua bengala. Cuidado com o degrau.

O Sr. Lewis provavelmente tinha oitenta e poucos anos e era grisalho e curvado pela idade. Ele se esforçou para subir e entrar na fileira da frente, sentando ao lado do casal em lua-de-mel. Doreen o ajudou a prender seu cinto de segurança, depois empurrou a porta, fechando-a, e sentou-se no banco da frente. Quando estava acomodada, ela se virou e sorriu para nós.

— Sejam bem-vindos à Hannibal assombrada. Venho fazendo esse passeio há quase doze anos, e deixe-me lhes dizer que, nesse tempo, vi algumas coisas incríveis. Podem ficar tranquilos, pois suas experiências nesse passeio serão só de vocês. Nós não julgamos a validade de seus encontros, apenas aceitamos e deixamos que as coisas aconteçam. Mais que tudo, vocês vão se divertir.

"Esta noite, nossa primeira parada é abundante em atividades paranormais: o Cemitério Old Baptist. — Ela se virou para o motorista. — Vamos."

O motorista soltou o telefone, olhou por cima do ombro e saiu pela rua tranquila e vazia.

O cemitério ficava a cerca de cinco minutos do nosso ponto de partida, e o restinho de luz do dia se fora quando a van parou. Doreen e o motorista ajudaram o Sr. Lewis a sair da van e depois o restante de nós a seguiu.

Eu fui o último a sair, e o pequeno grupo já estava formando um círculo ao redor de Doreen. A maior parte do cemitério ficava embaixo da cobertura formada por antigos carvalhos, nos deixando sob uma sombra escura da noite.

Doreen deu a cada um de nós varinhas de cobre que giravam em cabos de madeira, como varinhas divinas, do tipo que as bruxas usam para encontrar água.

— Esse pequeno dispositivo irá ajudá-los a encontrar energia espectral — disse ela. — Conforme andarem pelo cemitério, segurem as varinhas à sua frente, assim. — Ela demonstrou, segurando as varinhas diante dela, com ambas as mãos, como se segurasse um par de revólveres. — Se elas começarem a se cruzar, talvez vocês tenham encontrado alguém que queira se comunicar com vocês. Às vezes, as linhas apenas se abrem. Já as vi girando. Vão em frente e façam perguntas aos espíritos. Os fantasmas daqui estão acostumados conosco, portanto, eles sabem o que fazer. Mas tomem cuidado, está escuro, por isso, prestem atenção em onde pisam. Não queremos que ninguém tropece ou algo assim. Agora, podem ir. Divirtam-se!

Com a dispensa de Doreen, todos saíram com suas varinhas de espíritos, rumando em direções diferentes do cemitério. Eu fiquei ali, me sentindo um idiota, segurando as varetas à minha frente.

O Sr. Lewis ainda estava ao meu lado. Ele se movimentava lentamente, com a bengala numa das mãos e as duas varinhas na outra. Achei que, em sua idade, passeios noturnos em cemitérios era algo ligeiramente ambicioso.

— O senhor está bem? — perguntei.

— Certamente — ele respondeu sucintamente, com a voz baixa e séria.

— Já fez isso antes?

— Inúmeras vezes.

— Ah — eu disse, um pouquinho surpreso. — Já encontrou alguma coisa?

— Não o que estou procurando. — Ele se virou e me olhou, e seus olhos estavam sinistros como o cemitério. — Estou procurando a minha esposa.

Sua resposta me chocou. Eu nunca tinha pensado em procurar McKale dessa forma. E nem queria. Tudo nisso parecia errado.

— Faz tempo que está procurando por ela?

— Sim — disse ele. Então, se afastou mancando, murmurando algo, conforme seguia em frente.

Eu saí andando sozinho, em direção ao canto nordeste do cemitério, segurando as varetas à minha frente. Uns dez minutos depois, Doreen se juntou a mim.

— Como vai indo? — perguntou ela.

— Bem — eu disse.

— Que bom — disse ela, alegremente.

Não tinha acontecido nada, exceto um leve movimento das varinhas, algo quase impossível de evitar, mesmo que você tentasse.

— Diga-me — eu falei. — O que sabe sobre o Sr. Lewis?

— O Sr. Lewis é um vendedor de seguros aposentado, de Tulsa, Oklahoma. Sua esposa morreu há um tempo, e, desde então, ele passa a maior parte do tempo viajando pelo país, fazendo turnês fantasmas, procurando provas de que ela ainda existe.

— Ele teve alguma sorte? — eu perguntei.

— Aparentemente, não. Muita gente alega tê-la encontrado, mas ninguém passa no teste dele.

— Qual é o teste dele?

— Ele tinha um nome de bichinho de estimação pelo qual a chamava. Se não lhe disserem qual é, ele sabe que não é ela.

— Quando você diz "um tempo", de quanto tempo está falando? Alguns anos?

Ela ergueu as sobrancelhas.

— Que tal quarenta?

— Quarenta anos — eu disse. — Ele está viajando pelo país há quarenta anos, procurando pela esposa?

Ela assentiu.

— Ele gastou a vida e a fortuna tentando encontrá-la. Ao menos, foi isso que ele me disse quando se inscreveu para o passeio.

— Ele não tem nenhum familiar?

— Tem quatro filhos adultos. Parece que se afastou deles. Acho que ficou muito arrasado depois que a perdeu. — Doreen viu a expressão de reprovação em meu rosto, depois disse: — Eu sei, eu não faria isso. Mas não se pode julgar alguém sem estar em seu lugar, não é? E *você*, achou alguém essa noite?

— Ainda não — respondi.

— Bem, vamos nos ocupar — disse ela.

Pela meia hora seguinte, Doreen me seguiu pelo cemitério, procurando vestígios de atividade paranormal. Minhas varinhas se cruzaram várias vezes — na verdade, dúzias de vezes, e, com o incentivo de Doreen, eu me vi numa conversa de um lado só com um túmulo marcado com o nome de Mary Stewart. Minhas varinhas divinas tinham girado pra trás, e Doreen estava certa de que o espírito de Mary estava me abraçando.

Vou admitir um pequeno fenômeno. Eu tinha a sensação de estar caminhando em meio a teias de aranhas, embora não houvesse nada ali.

Uma hora depois, embarcamos na van. As duas mulheres papeavam empolgadas, uma delas alegando ter encontrado um espírito que conhecia sua avó, recém-falecida. O casal em lua-de-mel estava apenas se olhando, claramente desesperados para voltar ao hotel.

O Sr. Lewis foi o último a voltar e só o fez pela insistência de Doreen. Ao relutar para entrar na van, ele parecia triste ou zangado, realmente não dava pra saber qual dos dois, já que seu rosto estava sério, dificultando a identificação de qualquer sentimento, exceto infelicidade. Observá-lo teve um efeito muito forte em mim.

A van fez o circuito de volta ao escritório de Doreen, passando por uma série de prédios que supostamente eram assombrados, incluindo a antiga igreja católica, que estava à venda. Doreen nos disse que um de seus clientes afirmou ter colocado um gravador na igreja e, em minutos, gravou o som de um coro invisível.

✦

Algumas quadras depois da antiga igreja, Doreen apontou uma casa vitoriana.

— Ali em cima, à sua esquerda, fica o LaBinnah Bistrô. Recomendo que comam lá, se tiverem uma chance. Alguém pode me dizer de onde o restaurante tirou seu nome?

Todos nós olhamos para a edificação, até o casal em lua-de-mel.

— É francês — disse uma das mulheres.

— Ou cajun — disse a outra.

— Não, não é isso — disse Doreen.

— Era o nome da mulher do chef — disse o homem do casal em lua-de-mel, a primeira palavra que ele disse a alguém que não sua esposa.

— Não — disse Doreen.

— Eu sei — eu disse.

Doreen me olhou. — Acha que sabe?

— LaBinnah é Hannibal, escrito ao contrário.

Doreen aplaudiu.

— Você é a primeira pessoa, em doze anos, que acertou — disse ela. — Doze anos.

Quando voltamos ao escritório e desembarcamos da van, Doreen me perguntou o que eu tinha achado do passeio.

— Mudou a minha vida — eu disse.

Ela ficou radiante com meu relato.

— Fico muito satisfeita. Obrigada por vir. E volte logo.

— Boa noite — eu disse, depois me virei e caminhei de volta ao meu hotel. Eu estava falando sério quanto ao que disse a Doreen, só que não pelos motivos que ela imaginou. A experiência me causou um impacto profundo. Não pelo aspecto paranormal do passeio, o que achei levemente divertido, mas pela minha experiência com o Sr. Lewis. Nesse homem, eu tinha visto algo muito mais assustador do que qualquer espectro em cemitérios ou fantasmas. Eu tinha visto a amargura da perda não aceita. Eu tinha visto a possibilidade do meu próprio futuro e minha própria ruína.

CAPÍTULO
Vinte e cinco

*O que há de errado comigo?
Algo está partido.*

✦ Diário de Alan Christoffersen ✦

As experiências de vida de um homem são um livro. Nunca houve uma vida que não fosse interessante. Tal coisa é uma impossibilidade. Por dentro do exterior mais insípido, existe um drama, uma comédia e uma tragédia.

— Mark Twain

Eu detestei ter que deixar Hannibal. No caminho da saída da cidade, parei na caverna de Mark Twain, a mesma caverna que Twain explorava quando menino, citada em cinco de seus livros, sendo o mais famoso *As Aventuras de Tom Sawyer*, onde Tom e Becky se envolvem com Injun Joe.

Deixei minha mochila atrás do balcão da loja de presentes da caverna e entrei nela com um guia alto, com cara de menino, e um pequeno grupo de uma igreja, a Church of God Bible (Igreja da Bíblia de Deus), de Memphis, Tennessee, que estava visitando.

A caverna de Mark Twain tinha algo extraordinário — um labirinto de pedras calcárias que se entranhava pelo interior da colina, por mais de dez quilômetros.

— Dá pra ficar mais perdido aqui do que na rodovia expressa de Nova Jersey — nosso guia anunciou. Não sei como ele arranjou essa comparação específica. Imaginei que ele devia ter ficado perdido em Nova Jersey alguma vez.

Durante a hora seguinte, nós seguimos caminho por mais algumas dúzias de cavernas e mais de 260 passagens. Lá dentro, a caverna era fria, já que mantinha durante todo o ano a temperatura de onze graus, e muitos de nosso grupo reclamavam por não terem trazido agasalhos.

Entre muitas coisas que vimos, estava a assinatura de Jesse James, que se escondeu na caverna depois do roubo de um trem, numa cidade próxima.

Nosso guia nos levou até a Grand Avenue, o maior cômodo dentro da caverna, onde Tom e Becky ficaram perdidos na escuridão, depois que um morcego apagou a vela de Becky. Naturalmente, essa história era parte do auge do passeio (de todos os passeios em cavernas, por sinal). Nosso guia apagou as luzes e disse:

— Coloquem a mão diante do rosto e vejam se conseguem enxergá-la.

Claro que não conseguíamos.

— Escuro como o pecado — diria McKale. Na verdade, ela jamais teria entrado na caverna; ela era terrivelmente claustrofóbica. Alguém disse "ai", depois de bater no próprio nariz.

Nosso guia acendeu novamente a luz e disse:

— Deixe-me compartilhar com vocês um fato interessante. O olho humano precisa de luz para sobreviver. Se vocês se perdessem nessa caverna, ficariam permanentemente cegos em seis a oito semanas.

— Imagine só — disse a mulher ao meu lado. — Isso seria horrível.

— Se vocês se perdessem nessa caverna, estariam mortos muito antes que ficassem cegos — eu disse.

— Ah — disse ela. — Eu não tinha pensado nisso. — Estranhamente, a mulher sorriu, como se essa fosse uma ideia reconfortante.

Nosso guia prosseguiu.

— Houve uma época em que essa caverna foi propriedade de um médico de Hannibal chamado Joseph Nash McDowell, que comprou a caverna para fazer experiências "científicas" com mumificação. Quando sua filha morreu, ele a trouxe pra cá e a mumificou. Ele escondeu suas experiências naquela fenda, cerca de cinquenta metros atrás.

— Espere — eu disse. — Ele fez experiências com o cadáver da filha?

— Sim, senhor — disse o guia.

Eu sacudi a cabeça. Quando você acha que as pessoas não podem ser mais bizarras, aparece um Joseph Nash McDowell.

Depois de terminado nosso passeio, peguei minha mochila e voltei caminhando à histórica Hannibal. Esse não tinha sido meu plano original. Eu tinha parado na caverna a caminho da rodovia 79, uma rota turística que seguia o Rio Mississippi pela fronteira sul de Missouri com Illinois. Mas, ao verificar minha rota com o balconista da loja de presentes da caverna, fiquei sabendo que o rio tinha recentemente inundado a estrada, e a rodovia estava fechada. Ponderei que eu tinha a opção de contornar as equipes de trabalhadores, mas o balconista não tinha certeza se isso seria possível. Levando-se em conta que uma via fechada podia significar um atraso de vários dias, decidi não correr o risco.

Minha única alternativa era pegar a US Route 61, a sudeste, rumo a St. Louis. Seria uma via consideravelmente mais movimentada, mas eu realmente não tinha outra escolha.

Ao longo dos três próximos dias, passei por New London, Frankford, Bowling Green, Eolia e Troy. Acordei em Troy me sentindo tonto e nauseado novamente, mas me forcei a afastar essa sensação, jurando descansar apropriadamente assim que chegasse a St. Louis.

Tive dor de cabeça o dia todo e, a cerca de dez quilômetros da interseção da 70, entrando em St. Louis, minha vertigem voltou violentamente. Estranhamente, meu primeiro pensamento foi que estava havendo um terremoto, pois tudo girava, muito pior que antes. Eu cambaleei e caí, aterrissando parcialmente em minha mochila, que amorteceu minha queda. Rolei de bruços e comecei a vomitar com força, lutando para me manter em posição vertical, enquanto minha cabeça latejava de dor. *O que estava acontecendo comigo?*

— McKale — eu gemi. É a última coisa de que me lembro antes de desmaiar.

CAPÍTULO

Vinte e seis

Déjà vu.

✦ Diário de Alan Christoffersen ✦

Acordei no hospital e não pude acreditar que estava novamente num hospital — era a terceira vez desde que eu deixara Seattle. Eu não havia ido tantas vezes ao hospital em toda a minha vida. O quarto estava pouco iluminado, e eu podia ouvir os sons das máquinas. Olhei meu braço. Estava roxo e tinha um tubo de soro preso a ele.

— Até que enfim você acordou — disse uma voz. Eu olhei e vi uma jovem enfermeira negra, em pé, na lateral do quarto, olhando o visor de uma máquina.

— Onde estou?

— Você está no St. Louis University Hospital.

— Como vim parar aqui?

— Não sei — disse ela. — Eu não estava aqui, quando você chegou. Lembra-se de alguma coisa?

— Eu estava simplesmente caminhando, quando subitamente fiquei tonto e tudo começou a girar. Eu devo ter apagado. — Olhei pra ela. — O que há de errado comigo?

— Vou deixar que o médico converse com você — disse ela. — Enquanto isso, tem alguém que quer vê-lo. Eu nem imaginava quem poderia ser. — Não conheço ninguém por aqui.

— Bem, ela conhece você. Está na sala de espera há três horas. Vou mandá-la entrar. — Ela saiu da sala.

Fiquei olhando a porta, imaginando quem poderia estar ali pra me ver. Subitamente, Falene apareceu na porta.

— Oi — disse ela, ternamente.

— Falene. O que você está fazendo aqui?

Ela caminhou até a lateral da porta. A polícia me ligou. Foi o último número que você discou do seu celular.

— Você veio de tão longe?

— Claro que vim. Você precisava de mim. — Eu notei que seus olhos estavam vermelhos, como se ela tivesse andado chorando. Uma lágrima rolou por seu rosto.

— O que há de errado? — perguntei. Ela sacudiu a cabeça.

— O que foi, Falene?

As lágrimas escorriam mais depressa. Ela rapidamente limpou o rosto e desviou os olhos de mim.

— Falene...

Ela estendeu o braço e pegou a minha mão. A mão dela estava macia e quente.

— Seu pai estará aqui em breve — disse ela. — Pode ser ele a lhe dizer?

— É ruim?

Ela só ficou me olhando, com as lágrimas rolando pelo rosto.

Eu olhei para baixo por um momento e depois disse.

— Quando a McKale se machucou, você me ligou. Quando Kyle roubou minha empresa, você me ligou. Você sempre me disse a verdade, não importando quão difícil fosse. Eu preferiria saber de você.

Ela limpou os olhos.

— Oh, Alan — disse ela.

— Por favor, o que há de errado comigo?

Ela olhou nos meus olhos, e seus olhos se encheram de lágrimas.

— Eles encontraram um tumor no cérebro.

EPÍLOGO

Descobrir a graça divina é descobrir Deus.

✦ Diário de Alan Christoffersen ✦

Quem sou eu? Ou talvez uma pergunta melhor seja: o que sou eu? Um refugiado? Um fugitivo? Um andarilho? Henry David Thoreau, em seu ensaio sobre o caminhar, escreveu que a palavra andarilho era derivada de "pessoas que perambulavam pelo país na Idade Média com o pretexto de ir *a la Sainte Terre*", à Terra Santa, até que as crianças exclamaram "Lá vai o Sainte-Terrer", um Saunterer, ou andarilho, um Terra-Santista. Talvez essa seja a definição mais verdadeira de quem eu sou — um Peregrino. Minha caminhada é minha peregrinação. E como acontece com todos os peregrinos que se prezam, a minha jornada também é da infelicidade para a graça divina. Graça. Aprendi muita coisa em minha caminhada, porém, mais recentemente, aprendi a graça.

Quando menino, eu ouvia minha mãe cantar "Amazing Grace" ("Graça Incrível"). Ela dava graças nas refeições e louvava a graça da bondade. Meu pai, por outro lado, raramente dizia a palavra, relegando-a ao vernáculo dominical, com pouco uso na vida calculada de um contador. Mas ele demonstrava a graça da benevolência por meio de seus atos ao cuidar de mim, o melhor que pôde, mesmo com seu coração partido.

Por grande parte da minha vida, pensei na graça como uma esperança de um amanhã radiante, apesar da escuridão de hoje — e isso é verdade. Nesse sentido, somos todos como Pamela, caminhando pelo caminho do perdão, torcendo pela clemência. O que deixamos de perceber é que a graça é mais do que nosso destino, é a jornada em si, manifestada em cada suspiro, a cada passo que damos. A graça nos cerca, corre à nossa volta como o vento, cai sobre nós como a água da chuva. A graça nos ampara em nossas jornadas, independentemente de quão perigosas elas sejam, e, não se engane, todas são. Nós não precisamos esperar pela graça, precisamos meramente abrir os olhos à sua abundância. A graça está à nossa volta, não apenas no futuro esperançoso, mas no milagre do agora.

E, se viajarmos bem, nos tornaremos agraciados, aprenderemos a lição que a jornada nos destina — não de descartar o erro, mas de avidamente perdoar o errante, generosamente compartilhar o bálsamo do perdão e do amor, pois diante dos olhos do Céu, nós todos caminhamos como tolos. E quanto mais exercitarmos a nossa porção da graça, melhor a receberemos. A abundância dessa graça só é limitada por nós mesmos, já que não podemos receber o que não estamos dispostos a aceitar — seja por nós mesmos ou pelos outros.

Foi escrito que "Aquele que não perdoa é culpado do pecado maior". Esse verso sempre me confundiu. Eu o considerava injusto, na melhor das hipóteses, e cruel, na pior. Mas essas palavras não foram criadas como condenação — e sim como a iluminação de uma verdade eterna: que não conceder o perdão é queimar a ponte que nós mesmos precisamos atravessar.

Eu encontrei a graça em minha caminhada. Eu a vi na alegria da liberdade de Pamela, na esperança dos olhos de Analise e no coração misericordioso de Leszek. Eu a encontrei em Washington, na sabedoria de Ally e na amizade de Nicole, e, caminhando através de Idaho, na gratidão de Kailamai. E mesmo agora, em meu momento de incerteza e medo, eu a vejo na presença de Falene. A graça está à minha volta. Sempre esteve. Como pude ser tão cego?

✦

Ainda estou no hospital. Meu pai chegou algumas horas depois que eu acordei. Já fizeram vários exames e, sem dúvida, farão muitos outros.

Ainda não sabemos se meu tumor é maligno ou benigno, nem se ele se ramificou. Só sei o suficiente para temer. Eu temo a morte, como qualquer homem são, mas sou um homem criativo, então meus temores são maiores que os da maioria.

Ainda assim, parte de mim — uma parte sombria ou luminosa, ainda não tenho certeza — anseia pelo sono da morte, talvez para acordar no calor dos braços de McKale. Essa pode ser uma esperança tola — buscar o amor na morte —, mas eu realmente não sei onde McKale está, a não ser na morte.

Eu não sei. Desde que parti de Seattle, minha jornada nunca foi tão incerta. Não sei se, ou quando, voltarei a caminhar. Não sei se vou chegar a Key West ou não. Mas uma coisa eu sei: quer eu aceite a jornada ou não, a estrada virá. A estrada sempre vem. A única pergunta a que qualquer um de nós pode responder é como escolheremos encará-la.

RICHARD PAUL EVANS

É autor de *A Caixa de Natal*, que figurou no primeiro lugar da lista de mais vendidos do *New York Times*. Há mais de 14 milhões de cópias impressas de seus livros ao redor do mundo. Suas obras já foram traduzidas para mais de 25 línguas e várias foram bestsellers. Evans é o ganhador do American Mothers Book Award de 1998, duas vezes vencedor do Storytelling World Awards, por seus livros infantis, e do Romantic Times Best Women's Novel of the Year Award de 2005. Quatro de seus livros foram transformados em filmes produzidos para a televisão. Evans recebeu o Washington Times Humanitarian of the Century Award, por seu trabalho de ajuda a crianças que sofreram abuso. Ele mora em Salt Lake City com a esposa Keri e seus cinco filhos.

CONHEÇA OUTROS LIVROS DO SELO

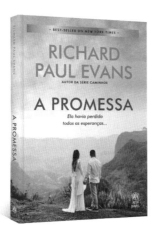

Fatídico

Romance

Destino

O AMOR É CAPAZ DE MUDAR TODAS AS NOSSAS PERSPECTIVAS.

Para **Beth**, 1989 foi marcado por tragédia. Com sua vida estava desmoronando, ela perde a capacidade de confiar, ter esperança ou acreditar em si mesma. No dia do Natal, enquanto corria em meio a nevasca até a loja de conveniência mais próxima, Beth encontra **Matthew**, um homem surpreendentemente bonito e misterioso que, sozinho, mudaria o rumo de sua vida. Quem é ele e como sabe tanto sobre ela? Completamente apaixonada por Matthew, Beth descobre seu segredo, mudando o mundo que conhece, assim como seu próprio destino.

UMA VIDA MARCADA POR SEDE DE LIBERDADE E PERIGO.

Marian Graves é uma aviadora corajosa, decidida a ser a primeira a dar a volta ao mundo. Em 1950, prestes a concluir com sucesso sua histórica tentativa, ela desaparece na Antártida. **Hadley Baxter** é uma estrela de cinema envolvida em escândalos que vê a salvação de sua carreira em um novo papel: a piloto desaparecida Marian Graves. O destino dessas duas mulheres colide ao longo dos séculos nessa obra épica e emocionante.

Protagonismo feminino

Romance histórico

Segunda Guerra Mundial

Todas as imagens são meramente ilustrativas.

 /altanoveleditora   /altanovel

Este livro foi impresso nas oficinas gráficas da Editora Vozes Ltda.,
Rua Frei Luís, 100 – Petrópolis, RJ.